Diane Broeckhoven

Kreuzweg

Eine Frau blickt zurück auf die dramatischen Ereignisse ihrer Kindheit und Jugend, die wie ein Schatten über dem Rest ihres Lebens lagen.
Als sechzehnjähriges Mädchen geht sie – mehr oder weniger freiwillig – auf ein französisches Internat, weit weg von zu Hause.
Sie träumt von einem Studium an der Sorbonne, will ein normales Leben führen. Doch als ihre Mutter tödlich verunglückt, bleibt das Mädchen allein mit dem Vater zurück. Dem Vater, einer Einkaufsliste und anderen unsäglichen Details.
Er ignoriert das Schloss an ihrer Tür.
Der Roman «Kreuzweg» zeigt, wie unscheinbare Kleinigkeiten der Entdeckung eines unerträglichen Geheimnisses im Weg stehen können, ja, es geradezu zu verbergen helfen. Im Vergessen liegt Schutz. Die präzise und sparsame Sprache von Diane Broeckhoven führt diese Geschichte zu einem erschütternden und auch überraschenden Höhepunkt, der fünfzehnten Station dieser Erzählung von Leid und Einsamkeit.

Verlag C.H.Beck www.chbeck.de

Diane Broeckhoven

Kreuzweg

Roman

Aus dem Niederländischen
von Isabel Hessel

C. H. Beck

Titel der Originalausgabe:
«Kruisweg»
Erschienen bei Uitgeverij Vrijdag, Antwerpen 2009

Für die deutsche Ausgabe:

Gesetzt aus der Bembo bei Fotosatz Amann, Aichstetten
Druck und Bindung: Pustet, Regensburg
Gedruckt auf säurefreiem, alterungsbeständigem Papier
(hergestellt aus chlorfrei gebleichtem Zellstoff)
Printed in Germany – ISBN 978 3 406 63941 8

www.beck.de

«Groß und leidenschaftlich will ich leben,
hört ihr, Vater, Mutter, Beinhaus …»
Hendrik Marsman

KREUZWEG

Nach fünfunddreißig Jahren kennt Theo Jespers jede noch so kleine Unebenheit, jede Mulde auf dem Bahnsteig, und doch geht er heute Morgen wie auf Eiern. Er beißt die Zähne zusammen und hält den Blick auf die Kuchenschachtel in seiner rechten Hand gerichtet. Heute ist Karfreitag und sein allerletzter Arbeitstag. In der Konditorei Van de Walle («Ihr täglich Brot und Gebäck, auch Hauslieferungen») hat er eine kleine Torte gekauft, ein verworrenes Nest aus Buttercreme, in dessen Mitte zwei Osterküken sowie ein paar gesprenkelte Zuckereier stecken.

Auf dem mittleren der drei Stahlstühle, die vor der Mauer des Bahnhofsgebäudes stehen, sitzt eine Frau. Sie hat etwas von einer Künstlerin, trägt das Haar ein wenig zu blond für ihr blasses Gesicht und eine lange rostbraune Jacke. Weder alt noch jung. Theo hat sie hier öfter schon gesehen. Soweit er sich erinnert, ist sie aber nie in einen Zug eingestiegen. Der von 8:12 Uhr ist vor elf Minuten abgefahren. Der nächste, auf Gleis 2 in der gegenüberliegenden Richtung, wird noch siebzehn Minuten auf sich warten lassen.

«Zug verpasst?», erkundigt er sich im Vorbeigehen.

«Nein», lautet die Antwort. Mehr nicht.

«Haben Sie vielleicht Lust, mit mir ein Stückchen Torte im Stellwerk zu essen? Ich habe etwas zu feiern», sagt er spontan. Normalerweise ist der Zugang zum Stellwerk für

Unbefugte streng verboten, aber die Frau macht nicht den Eindruck, als würde sie dort Sabotage betreiben wollen.

Der neue Bahnhofsvorsteher, noch grün hinter den Ohren, aber voll guter Absichten, blickt erstaunt vom Bildschirm seines Computers auf.

«Deine Frau?», fragt er.

Theo schüttelt den Kopf, lacht.

«Lass uns diese unbekannte Dame als eine Abgesandte aller Reisenden betrachten, die ich im Laufe meiner Karriere habe vorüberziehen sehen», sagt er feierlich.

Sie trinken im Stehen einen Becher Kaffee und essen mit einem kleinen Plastiklöffel je ein Viertel der Ostertorte auf. Kuchengabeln gibt es in diesem leicht heruntergekommenen Bahnhof nicht.

Theo erkundigt sich, ob sie etwa den nächsten Zug bekommen müsse. Falls ja, blieben ihr noch gut drei Minuten Zeit, um sich durch den muffigen, nach Hundekot riechenden Fußgängertunnel auf die andere Seite zu begeben.

«Ich gehe nirgendwohin», sagt sie. «Mich treibt die Nostalgie hierher. Als Mädchen schlief ich oft bei meiner Oma in dem weißen Haus weiter oben an den Gleisen. Wenn ich an meine Jugend zurückdenke, rattern Züge durch meinen Kopf.»

Während der zweiten Kaffeerunde gibt Theo ein paar Erinnerungen an Personen oder Begebenheiten aus seiner Laufbahn zum Besten. Was hat er hier nicht alles erlebt! Er könnte glatt ein Buch darüber schreiben. Vorausgesetzt, er hätte Talent zum Schreiben …

Sie nickt, schüttelt ihm die Hand und wünscht ihm alles Gute für sein weiteres Leben.

Um halb drei verlässt Theo zum letzten Mal das Bahnhofsgebäude, das ihm im Lauf der Jahre vertrauter geworden ist als sein eigenes Haus. Beim Drei-Uhr-Glockenschlag, dem Moment, als in seiner Jugend mit lautem Hallo die Osterferien anfingen, steht Theo am unbewachten Bahnübergang. Der Frühjahrswind streicht durch sein schütteres Haar. Er starrt in die Ferne, richtet den Blick auf den Punkt, wo die Gleise sich zu berühren scheinen, und denkt: Es ist vollbracht.

ERSTE STATION:

J. wird zum Tode verurteilt.

Im Internat wurde ausschließlich Französisch gesprochen, und wir aßen dort eigenartiges Zeug wie Weißkohl, der kein bisschen weiß war, sondern eher glasig grün wie die Badezimmerkacheln bei uns zu Hause. Halb durchsichtiges Apfelkompott aus großen Einmachgläsern, das wir anstelle von Konfitüre auf unsere Frühstücksbrote schmieren mussten. Mir fehlten in diesem glasigen Brei die Apfelstückchen. Mir fehlten der Zimt und seine goldgelbe Farbe. Mir fehlte eigentlich alles. Vor allem meine Mutter. Aber ich beklagte mich nicht, schließlich war es meine eigene Entscheidung gewesen, die mich hierhergeführt hatte.

Wenn ich Anflüge von Heimweh bekam, spürte ich es meist erst in der Kehle. Anschließend breitete sich das Gefühl gleichzeitig nach oben und unten aus. Meine Augen fingen an zu brennen, ich bekam Magenschmerzen. Ich weinte zwar nie *en plein public* – wie man das nannte –, aber abends, in meinem Zimmer, konnte ich manchmal nicht länger an mich halten. Da war ich nicht die Einzige. Durch die dünnen Holzwände meiner Chambrette und die Baumwollvorhänge hindurch hörte ich des Öfteren unterdrücktes Schluchzen. Vor allem an den ersten Abenden.

Wenn ich mich in meinem Bett zusammengerollt hatte,

sah ich mit geschlossenen Lidern unsere Küche vor mir. Immer dasselbe Bild, das nach und nach lebendig wurde. Ich sitze an der Breitseite des Tisches, es ist für drei Personen gedeckt. Die Farben des Blumenmusters auf dem Tischtuch scheinen zu tanzen. Ich mache gerade meine Hausaufgaben, blättere in der Zeitung, lese. Mama, die sich um das Essen kümmert, steht vor der Anrichte. Gleich wird mein Vater von der Arbeit heimkommen. Ein Schuldirektor verlässt als Letzter das Gebäude, genau wie ein Kapitän sein Schiff. Vaters Schatten sitzt jedoch schon seit fünf Uhr am Kopfende des Tisches.

Immer zischte oder brutzelte etwas in den Pfannen, alles roch so vertraut, nach zu Hause. Auf der ganzen Welt gab es nichts, was ich mehr liebte, als den breiten Rücken meiner Mutter. Früher behauptete sie, sie sehe alles, weil sie überall Augen habe. Auch auf dem Rücken. Und ich glaubte ihr, stellte mir auf beiden Seiten ihrer Wirbelsäule zwei parallel laufende Augenreihen vor. Etwa so wie die Zitzen unseres Hundes, nachdem er, das heißt sie, sechs Junge bekommen hatte. Geworfen, meinte mein Vater. Unterrichten war seine Berufung. Geworfen. Persönlich fand ich, dass die Geburt der Welpen eher wie ein Schieben vor sich gegangen war, aber werfen? Mit angehaltenem Atem und in respektvollem Abstand hatte ich über den Rand des Körbchens hinweg dabei zugesehen, in der Hoffnung, es ginge bei Menschen weniger schmierig zu.

Ich nahm mir vor, eine vorbildliche *pensionnaire* zu werden. Um dem Ganzen Kraft zu verleihen, schrieb ich gleich auf die erste Seite meines Tagebuchs, das mir meine Mutter mitgegeben hatte: «1. September 1975. Hiermit gelobe ich feierlich ...» Ein schwülstiger Auftakt, für den man sich später schämt.

Ich hatte es also ausschließlich mir zu verdanken – nicht zuzuschreiben –, dass ich in diesem französischen Internat war, 176 Kilometer von zu Hause. Ich hatte es ihnen selbst vorgeschlagen, und es hatte mich monatelange Überzeugungsarbeit gekostet, bis ich meine Eltern so weit hatte. Kurz vor den großen Ferien, als abzusehen war, dass mein Zeugnis genauso gut war wie sonst, hatte ich es geschafft. Klopfenden Herzens breitete ich eines Abends die Folder samt Schulordnung des *Institut de la Vierge Marie pour jeunes filles* auf dem Küchentisch aus und erzählte ihnen, wie ich alles selbst telefonisch angefordert hatte, in meinem besten Französisch. Mit rotem Kopf, aber fest entschlossen, hielt ich ein Plädoyer für meine Zukunft. Ich hielt daran fest, dass diese Schule meine einzige und endgültige Wahl sei, dass sie mich nicht davon abhalten dürften. Die Schwestern der heiligen Jungfrau Maria seien ja so freundlich. Und so modern. Ich würde mich dort sicher zu Hause fühlen. Ich wollte nichts lieber, als die letzten beiden Jahre der Oberstufe auf einem französischen Internat zu verbringen. Die Sprache würde ich im Handumdrehen lernen, was wiederum später ein enormer Vorteil sein würde, wenn ich studieren ginge – in Paris – an der Sorbonne.

Mein Vater spottete, ich solle vielleicht besser Anwalt werden. Meine Mutter bekam feuchte Augen, aber ich bemerkte, dass sie langsam weich wurde. Sie gab zu, dass ich kein Kind mehr war. Dass sie einerseits stolz auf mich war, andererseits aber eben auch traurig. Was würden die Verwandten dazu sagen oder die Nachbarn? Wer schickte schon seine einzige Tochter mit sechzehn Jahren ins Internat, weit weg von zu Hause, wenn sie nicht mitten in einer Pubertätskrise steckte? Alle werden denken, sie wären mit der Erziehung überfordert. Das passte ihr nicht, gab sie ehrlich zu. Mein Vater sagte danach noch ein paarmal Ja, woraus schließlich ein zögerliches Tja wurde. Danach noch ein paarmal Nein, was sich ziemlich nasal anhörte. Mitten auf seiner Stirn pulsierte eine Ader, ein bläuliches Rinnsaal, das unter seinem Haaransatz verschwand. Er war wütend.

Knapp zwei Wochen später fuhr ich zusammen mit meiner Mutter zum Internat, um mich einzuschreiben. Ich biss mir auf die Zähne, als ich zwischen ihr und einer Schwester in ziviler Kleidung durch die langen, leeren Gänge ging.

«Ein bisschen Heimweh gehört mit dazu, gerade am Anfang», sagte die Nonne, als ich mich schnäuzte, was in dieser unwirklichen Stille wie ein vorüberziehendes Gewitter klang. Ich wollte ihr erklären, es sei bloß eine aufkommende Erkältung, wusste aber nicht, wie man das auf Französisch sagt.

Marieke, die sich ab sofort Marique nennen ließ, wurde schon nach kurzer Zeit eine Freundin. Sie war auch ein Neuzugang, und uns verband die Tatsache, dass wir beide erst unseren Weg suchen mussten. Sie war die älteste von sechs Kindern. Ihre Eltern hatten ein Hotel an der Küste, und sie war dazu bestimmt, es später zu übernehmen. Sie wiederholte ständig, wie erleichtert sie sei, endlich einmal ihre Ruhe zu haben. Endlich Zeit für sich selbst, ihre Hausaufgaben, ein Buch, eine Partie Schach oder einen Spaziergang durch den immer halbdunklen Klostergarten. Keine fünf Geschwisterchen, die ihr am Rockzipfel hingen, keine Triefnasen, Petzereien oder aufgewärmte Pampe aus der Hotelküche. Was für ein Luxus! So viel war sicher, sie wolle keine Kinder.

Ungefähr zwanzig Jahre nach unserer kurzlebigen Freundschaft entdeckte ich während eines Spaziergangs am Meer ein Fischrestaurant namens Chez Marique. Ich ging dort essen. Während ich das Muschelfleisch aus der Schale herauslöste, konnte ich den Blick nicht von der schwarz gekleideten Geschäftsführerin wenden. War sie das? Ich hatte sie runder und blonder in Erinnerung. Ich habe nicht den Mut gehabt, sie anzusprechen. Früher war für mich gestorben. Abgebrochen wie ein vertrockneter Zweig an einem Baum.

Ich gewöhnte mich schnell ein. Unter der Woche wohnte ich im Internat, von Freitag- bis Sonntagabend war ich zu Hause. Mama gab sich alle Mühe, es mir so angenehm wie möglich zu machen. Sie kochte alles, was ich gerne aß. Samstagmittags erledigten wir zusammen die Besorgungen, abends gingen wir in ein Konzert oder ins Kino. Sie holte in diesen zwei Tagen das Bemuttern nach. «Es ist hier so leer», sagte sie dann, «aber wir sind ja so stolz auf dich. Vergiss das nicht!»

Ich vergaß es nicht.

Papa fühlte sich manchmal vernachlässigt und wollte dann auch etwas unternehmen. Irgendwelche Vatersachen. Da gäbe es gerade eine interessante Fotoausstellung im Museum. Oder eine Führung durch den Botanischen Garten, das wäre jetzt besonders schön wegen all der Herbstfarben!

«*Non, merci mon père*», wimmelte ich ihn mit einem Scherz oder einer Ausrede ab. Ich hatte noch Hausaufgaben zu machen oder Kopfweh, keine Lust, schon wieder nach draußen zu gehen. Ich sprach Französisch mit ihm, das nach und nach besser wurde als seines.

«Sei nicht so gemein zu deinem Vater!», lachte Mama dann, wonach meine Eltern vertraute Blicke austauschten und er ihre Tasse noch einmal füllte. Die glückliche Familie, am sonntäglichen Frühstückstisch vereint. Genau solch einen Moment passte ich ab, um schmeichlerisch und mit etwas zu hoher Stimme vorzuschlagen, mich noch am selben Abend zum Internat zu fahren. Wir zu dritt gemütlich im Auto ... Dann brauchte Papa nicht das ganze Stück allein zurückzufahren. Die Ader auf seiner Stirn pochte, als Mama sich bereit erklärte mitzugehen. Nur ich bemerkte das.

Die Dienstagabende waren anders, und zwar nicht nur, weil ich mir dann erlaubte, mich gegen die Schulordnung zu versündigen: Süßigkeiten oder Knabbereien, die man von zu Hause – mit Maß, *mes filles* – mitbrachte, wurden in großen Körben im Erholungsraum gesammelt. Wer hier etwas lesen, plaudern oder an einem Gesellschaftsspiel teilnehmen wollte, durfte sich selbst bedienen. Nur einmal pro Tisch und nie mehr als ein Schälchen voll. Eine Schokoladenrippe oder ein paar Toffees hob ich immer in meinem Kulturbeutel auf. Am Dienstagabend, und nur dann, aß ich sie im Bett auf, nachdem ich vorher unter der Bettdecke das Knisterpapier heruntergerissen hatte. Das Papierknöllchen steckte ich in meine Jackentasche. Bloß keine Spuren im Abfalleimer hinterlassen. Während ich mir die Süßigkeit auf der Zunge zergehen ließ, dachte ich ganz intensiv und bewusst an zu Hause. An Mama, die zu ihrer wöchentlichen Chorprobe gegangen war und dort leidenschaftlich den Dirigentenstab schwang. An Papa, der jetzt allein im Haus war, sich durch das Fernsehprogramm zappte oder rastlos umherlief, vielleicht auch an einem Meisterwerk arbeitete. Da das Nest nun leer war, hatte er sich ein neues Hobby zugelegt. Er war Sonntagsmaler geworden, und zwar auch an Wochentagen. Auf Holztafeln, nicht größer als ein Blatt Papier, schuf er kindliche Szenen in grellen Farben. Puppenhafte Menschlein in Sträßchen aus Tausenden winzigkleiner Pflastersteine oder beim Picknick unter Bäumen mit Millionen identischer Blätter. Mein Vater war schon immer ein geduldiger Mann mit Durchsetzungsvermögen gewesen.

Ich glaube, ich war in meinem Leben nie glücklicher, als an jenen Dienstagabenden in meinem Zimmerchen, die nur mir allein gehörten. Von der Außenwelt nur durch einen dünnen Vorhang abgetrennt und trotzdem vollkommen sicher. In die Kissen geschmiegt, saß ich so mit angewinkelten Knien in meinem Flanellnachthemd, den Atem süß von Schokolade. Dann träumte ich von einer Zukunft an fernen, fremden Orten, wo alle Französisch sprachen. Alles, was ich vergessen wollte, hätte die Zeit längst ausgelöscht. Ein oder zwei Mal pro Jahr würde ich mit meinen französisch sprechenden Kindern und ihrem fürsorglichen Vater bei *grand-mère* und *grand-père* in meiner alten Heimat übernachten, abends würden wir in Erinnerungen schwelgen, während die Kleinen im Gästezimmer schliefen. Manche niederländischen Worte oder Ausdrücke hätte ich inzwischen völlig vergessen, aber mein Vater würde sie lachend gemeinsam mit mir wieder ausgraben, während Mama sich erkundigte, wer noch ein Stückchen von dem selbst gebackenen Kuchen essen wolle. Oder vielleicht lieber etwas Herzhaftes?

ZWEITE STATION:
J. nimmt das Kreuz auf seine Schultern.

Während der ersten Ferien in diesem Schuljahr, den Weihnachtsferien, gab es ständig etwas zu erledigen: Feierlichkeiten, Verwandtschaftsbesuche und die Sorge um Oma Gleis, die zu erblinden drohte. Kaum einmal ein ruhiger Moment, und das fand ich prima. Dagegen waren die Osterferien leer und langweilig. Nachdem ich von einem eigenen Leben gekostet hatte, konnte ich es nur schwer ertragen, ganze Tage mit meinen Eltern unter einem Dach zu verbringen. Sie hingegen versuchten, mir eine Stelle im Schulwesen schmackhaft zu machen, die vielen freien Tage. Gemeinsam unterwegs, gemeinsam zu Haus, wie man so schön sagt. Wie ich diese Momente am Frühstückstisch hasste, wenn sie in ihren Bademänteln dasaßen, noch nach Schlaf riechend, und den Tagesablauf besprachen. Ihren und gleichzeitig auch meinen, *en passant*. Ob ich nicht mal zu Oma gehen wolle? Sie vermisse mich so und könne sicher etwas Hilfe brauchen. Vielleicht hätte ich ja Lust auf dieses oder jenes? Ihre beklemmende Aufmerksamkeit, ihre guten Absichten nahmen mir die Luft zum Atmen. Ich sehnte mich nach dem *petit-déjeuner* im Speisesaal der Schule, wo der Tag mit trägem Geplauder in Gang kam. Voll Heimweh dachte ich an die Geräusche von klapperndem Geschirr, die verhaltenen Gespräche, die Butterbrote mit Apfelkompott oder *Sirop de Liège*, an den Blümchenkaffee aus den großen Metallkannen. Zwei pro Tisch: eine mit Milch, eine ohne.

Mama zog sich oft mit ihrer Arbeit für die Schule oder den Vorbereitungen zur Chorstunde ins Arbeitszimmer zurück.

Papa hatte offenbar zu viel Freizeit, ihm fehlte die Inspiration für seine Keksdosenmalerei. Er streifte gedankenverloren durchs Haus. Ich wich ihm so weit wie möglich aus, wenn sich unsere Wege aber doch zufällig kreuzten, glotzte er mich wie ein geprügelter Hund an. Von mir geprügelt, natürlich. Jede Gelegenheit war mir recht, um mich aus dem Staub zu machen. Ich rief bei Freundinnen aus meiner früheren Schule an oder ging sie besuchen, musste aber feststellen, dass sie nicht auf mich warteten. Sie fuhren entweder gerade in den Urlaub oder kamen erst daraus zurück. Schwärmten in den höchsten Tönen von einem Freund, den ich nicht kannte. Ach, schade, heute Nachmittag passe es leider nicht, zusammen in die Stadt zu gehen. Manchmal ging ich dann alleine, schlenderte durch die Einkaufsstraßen, kaufte mir eine Zeitschrift oder eine Haarspange – wie zum Beweis. Abends bei Tisch erzählte ich dann von meinem tollen Nachmittag. Mit Sylvia oder Katelijne. Kleider anprobiert, schrecklich viel gelacht, in der neuen italienischen Eisdiele ein Eis gegessen … Die vorwurfsvollen Blicke meines Vaters ignorierte ich.

«Unsere Tochter wird groß», lachte er auf einmal, wobei er meine Stimme nachmachte. Ich musste an mich halten, dass ich ihm nicht die Gabel an den Kopf schmiss. Am gleichen Abend nahm ich, während er auf einer Versammlung war, Rache, indem ich auf einer seiner Sonntagsmalereien etwa zehn Puppengesichter mit einem schwarzen Filzstift ausmalte. Fein säuberlich innerhalb der Linien. Zum Beweis, dass ich ab und zu auch noch ein Kind sein konnte. Es war ein Weihnachtsmotiv, mit Karussell und prähistorischen Schiffsschaukeln. Wie zu seiner Zeit wahrscheinlich. Zwischen all den feiernden braven Bürgern befanden sich jetzt plötzlich zehn kleine Mohren, schwarz wie Ruß.

Wie erleichtert war ich, als ich wieder zur Schule gehen durfte! Mit einem herzlichen *Bienvenue* hieß uns Schwester Bénédicte willkommen, als ich am Abend des Weißen Sonntags dort ankam. Sie hielt meine Hände kurz fest und küsste mich auf die Wange, ein flüchtiger Kuss, der nach Maiglöckchen roch. Da kamen mir die Tränen. Meine Mutter erklärte in ihrem besten Französisch, ich werde wohl das Familienleben vermissen, nachdem die Ferien zu Hause so schön gewesen waren … *Vous comprenez*? Ich verzog nur das Gesicht und beließ es dabei. Ich würde rein gar nichts vermissen. Erleichtert sah ich meine Eltern abfahren, blickte ihnen so lange hinterher, bis ihre aus den Autofenstern winkenden Hände wie flatternde Schmetterlinge aussahen.

Am nachfolgenden Dienstag aß ich auf dem Bett langsam ein weißes Osterei. Auf einmal wusste ich es genau: Ich musste meiner Mutter alles erzählen! Der Entschluss überfiel mich regelrecht. Ich würgte. Schluckte laut. Es musste sein. Und zwar so schnell wie möglich. Ich konnte sie nicht länger davor verschonen, auch wenn ihre Welt zerbrechen würde wie eine Eierschale. Ihr Leben würde nie wieder dasselbe sein. Ihr Leben mit mir, ihr Leben mit meinem Vater, ihr Leben mit sich selbst. Mich schauderte bei dem Gedanken, ich wäre dann verantwortlich für ihre zerbrochene Existenz. Woher sollte ich überhaupt die geeigneten Worte nehmen, um auszudrücken, was an den Dienstagabenden zu Hause geschah? Gab es solche Worte? Falls ja, kannte ich sie nicht. Aber ich würde sie suchen. Vor den großen Ferien. Die Aussicht auf ein paar gemeinsame Wochen mit ihnen in irgendeinem Sommerhaus in der Dordogne oder weiß Gott wo, ließ mich jetzt schon schaudern. Nicht auszudenken, wenn Mama eines Morgens zum Markt gehen würde, während ich noch im Bett lag, oder sie abends eine Nachbarin besuchen gehen würde. Und ich bliebe dann allein mit Papa in so einem französischen Haus mit dicken Mauern zurück. Ich musste es ihr einfach sagen. Nur wie?

Die schrecklichsten Sommerferien meines Lebens standen mir bevor. Jedoch nicht wegen meines Bekenntnisses. Der Gedanke, dass ich an den schwarzen Monaten Juli und August in jenem Jahr keine Schuld trug, war mir – später, viel später – ein kleiner Trost. Meine Mutter hat nie gewusst, was ich ihr erzählen wollte.

In jener Dienstagnacht übergab ich mich auf den kleinen Teppich neben meinem Bett. Eine junge Nachtschwester in beigem Morgenrock tauchte wie ein Nachtfalter aus dem Halbdunkel auf, warf einen Blick auf die Lache und meinte, mir sei der Blumenkohl wohl schlecht bekommen. Mit routinierter Handbewegung zog sie den Vorhang meines Kämmerchens zur Seite, rollte den kleinen Teppich auf, den sie mit einer einzigen raschen Bewegung in Richtung Gang zog. Ich schämte mich zu Tode. Aber sie beruhigte mich und reichte mir ein Glas Wasser. «Das kann doch jedem mal passieren», sagte sie, als sie mich gut zudeckte. Während mich eine lähmende Müdigkeit überkam, hörte ich im Hintergrund das Rascheln einer Plastiktüte und das Klappern eines Eimers. Beruhigende Geräusche, die sich wie sanfte Musik mit meinen wirren Gedanken vermischten.

Am nächsten Morgen beschloss ich, Mama einen Brief zu schreiben. Das wäre weniger schmerzhaft als ein Gespräch. Wo sollte das übrigens stattfinden? Zu Hause war mein Vater immer in der Nähe. Neutrales Terrain, wie ein Café oder Restaurant, würde zu viel Gemütlichkeit ausstrahlen. Ich konnte schließlich nicht bei einer Tasse heißer Schokolade mit Sahne ihr Leben ruinieren! Einen Brief würde sie lesen und wieder hervorholen können, falls der Inhalt nicht gleich zu ihr durchdrang. Ich würde ihr den Umschlag nach einem Wochenende daheim überreichen und ihr ans Herz legen, einen ruhigen Moment alleine abzuwarten, um ihn dann zu lesen. Mit der Post schicken, war ausgeschlossen. Man stelle sich vor, sie würde den Brief mit ihrem Frühstücksmesser öffnen und Papa zurufen: «Sieh mal! Ein Brief von unserer schlauen Tochter. Hoffentlich nicht wieder alles auf Französisch!»

Es dauerte noch bis zum nächsten Dienstagabend, bis ich mich daransetzte. Den ganzen Mittag über war mir irgendwie schwindelig, und mir schwirrte der Kopf vom vielen Nachdenken. Wir aßen Brathähnchen mit Reis, dazu eine Scheibe Ananas aus der Dose, was auf der Kreidetafel als chinesisches Gericht angekündigt wurde. Wir alberten herum, zogen unsere Augen zu Schlitzen und wunderten uns, warum wir keine Essstäbchen dazu serviert bekamen. Warum erinnert man sich bloß bis in alle Ewigkeit an solche Details?

Eine Woche lang hatte ich kaum einen Bissen heruntergebracht. Der Brathähnchengeruch löste bei mir an jenem Abend zum ersten Mal wieder ein Hungergefühl aus. Ich leerte den ganzen Teller und fühlte mich wieder gestärkt. Abends nahm ich mit einem Notizblock an meinem winzigen Tisch Platz.

Liebste Mama,
ich muss Dir etwas erzählen.

Liebe Mama,
sei bitte nicht böse mit mir. Ich muss Dir etwas erzählen, das Du vielleicht nicht glauben willst. Aber es ist trotzdem wahr, und ich kann es nicht länger für mich behalten.

Chère maman,
wie Du weißt, möchte ich unheimlich gerne in Paris oder jedenfalls im Ausland studieren. Ich fühle mich hier sehr wohl und bin dankbar, dass Ihr mich ins Internat habt ge-

hen lassen, aber ich muss Dir etwas gestehen. Es gibt noch einen anderen Grund, weshalb ich so weit weg von daheim ins Pensionat wollte.

Mama,
noch nie ist mir etwas so schwergefallen, aber es muss sein. Falls Du wirklich nichts davon gewusst hast, wirst Du gleich sehr traurig werden. Falls aber schon, was ich nicht zu glauben wage, weiß ich überhaupt nicht mehr, wie es weitergehen soll.

Liebe, liebe Mama,
es tut mir ja so schrecklich leid, aber glaub mir bitte: Es ist nicht meine Schuld! Ich will das nicht, aber ich weiß nicht, wie ich es aufhalten kann.

Einleitungen genug, doch die folgenden Sätze kamen nicht. Ich konnte es einfach nicht zu Papier bringen, mein Geheimnis aber auch nicht länger für mich behalten. Aus den Notizblättern machte ich kleine Schnipsel, die ich in meiner Jackentasche verstaute. Während des Ausflugs am Mittwochnachmittag würde ich sie in einem öffentlichen Abfalleimer verschwinden lassen. Keine Spuren der Verzweiflung in meiner Kammer. Gerade auf dem Bett sitzend, genehmigte ich mir noch ein paar Ostereier, die ich von Oma Gleis bekommen hatte. Fieberhaft dachte ich nach, während die Schokolade auf meiner Zunge zerschmolz: Wie konnte ich meiner Mutter bloß etwas klarmachen, wofür ich selbst keine Worte hatte? Und was, wenn sie mir nicht glaubte? Die lähmende Furcht, sie würde mich vielleicht als Zimperliese bezeichnen, grenzte doch ziemlich an meine Furcht vor den Dienstagabenden daheim. Vielleicht sollte ich es ihr doch besser sagen, statt zu schreiben.

Es muss schon nach Mitternacht gewesen sein, als ich – noch immer hellwach – das Schlurfen der Nachtschwester auf ihrer Runde hörte. «*Ma sœur*», flüsterte ich, einem Impuls folgend. Sofort bewegte sich der Vorhang. Schwester Bénédicte bog den Kopf zu mir herunter. Ihr langer weißer Bademantel schien irgendwie zu leuchten, weshalb sie wie ein Engel aussah. «*Oui, petite*? Bist du krank?»

War es ihr süßer Maiglöckchenduft oder ihre tröstende Stimme, die mich in Tränen ausbrechen ließ? Sie erkundigte sich, ob ich etwa Heimweh habe, aber ich schüttelte heftig den Kopf. «Ich will mit Ihnen reden», flüsterte ich. Plötzlich wusste ich genau, dass sie mich verstehen würde, selbst wenn ich nicht die richtigen Worte fände.

Am nächsten Abend dürfe ich zu ihr kommen, versprach sie. Sie würde mir zuhören und gemeinsam würden wir nach einer Lösung suchen. Es gäbe kein Problem, für das es nicht auch eine Lösung gäbe. Aber jetzt müsse ich schlafen. Sie zog das Betttuch glatt und pflückte ein rotes Silberpapierknöllchen von meinem Kopfkissen.

«*Méchante fille*», sagte sie kopfschüttelnd, was aber nicht böse klang.

Am nächsten Abend führten Schwester Bénédicte und ich dann tatsächlich ein zu Herzen gehendes Gespräch. Wenngleich es vollkommen anders war, als ich es mir ausgemalt hatte, denn sie war diejenige, die ihre Worte genau wählte, und ich die Zuhörerin. Niemals, wirklich niemals hätte ich mir vorstellen können, dass es etwas noch Schrecklicheres gab als mein Geheimnis, das ich ihr hatte anvertrauen wollen. Trotzdem gab es das. Ich bekam die Zähne nicht auseinander, meine Stimmbänder waren wie gelähmt. Meine Eierschale bekam überall Risse. Sie wurden nie gekittet.

DRITTE STATION:
J. fällt zum ersten Mal unter dem Kreuz.

Am Mittwochnachmittag machten wir mit der ganzen Klasse einen langen Waldspaziergang. *Mens sana in corpore sano*, ein gesunder Geist in einem gesunden Körper, ein Credo des Internats. Laubbäume, Kiefern, Dickicht, vorbeifliegende Wolken, gefiederte Freunde und herumkrabbelndes Ungeziefer. Biologie *en plein air.* Mit schlammbespritzten Waden und durchgefroren vom wechselhaften Aprilwetter – mal fiel Regen, mal Schnee – erreichten wir das Besucherzentrum, wo Monsieur Henri, der Leiter, weitere Geheimnisse der Natur für uns lüftete. Er hatte eine gewisse Ähnlichkeit mit der ausgestopften Eule aus seinem Schaukasten.

Es gab viel Unmut darüber, dass es am Mittwochnachmittag Unterricht gab, egal wie gut man das zu kaschieren versuchte oder wie abwechslungsreich er war. Ich jedoch fühlte mich seltsam leicht. Nach dem Abendessen würde ich endlich mit Schwester Bénédicte reden. Wir hatten uns für sieben Uhr im kleinen *parloir* bei der Marienstatue in der Halle verabredet. Was genau ich ihr erzählen würde, wusste ich noch nicht, vor allem nicht, wie. Doch ich hatte fast grenzenloses Vertrauen in diese alterslose Schwester in ihrer blauen Tracht, mit dem kurzen Haar, das sie sich wahrscheinlich selbst schnitt. Abgesehen von dem zarten Blümchenduft, der ihr stets wie ein Schatten folgte, hatte sie nichts Feminines oder Weltliches an sich. Dennoch ging etwas Mütterliches von ihr aus.

Von einem Regenschauer überrascht, spurteten wir gegen fünf aus dem kleinen Schulbus Richtung Schultor. Drinnen verstummten die ausgelassenen Mädchenstimmen plötzlich alle auf einen Schlag, obwohl uns niemand dazu aufforderte. Schwester Oberin und Schwester Bénédicte standen beide schweigend neben der weißen Marienstatue aus Marmor. Schwester Oberin gebot uns, in den Aufenthaltsraum zu gehen, um dort auf sie zu warten. Das galt für alle. Außer für mich. Wie angewurzelt blieb ich stehen, während die Mädchenreihe in den Gang zur rechten Seite verschwand. Schwester Bénédicte trat auf mich zu. Sie hatte einen leidvollen Ausdruck im Gesicht. Hatte ich mich geirrt? Hatten wir unsere Verabredung um fünf Uhr statt um sieben? Oder hatte sie etwa gepetzt, dass ich im Bett genascht hatte? Es war, als wäre die Zeit in diesem Raum stehen geblieben. Das konnte doch nicht an den zwei verbotenen Ostereiern liegen?

«Sag es», flüsterte ich. «Nun sag es schon!»

«Komm», meinte sie, «lass uns kurz hineingehen.»

Mit der Hand zwischen meinen Schulterblättern geleitete sie mich in das kleine Sprechzimmer. Die Direktorin hielt mir die Tür auf und schob einen Stuhl heran. Verkehrte Welt. Mir brach der kalte Schweiß aus.

«*Ta maman*, deine Mutter …» Es täte ihr so furchtbar leid. Es sei Gottes Wille. Sie würden mir beistehen, wären immer für mich da. Das dürfe ich nicht vergessen. Schwester

 Bénédicte würde sich meiner annehmen. Jetzt und so lange, wie es nötig wäre. Sie würde mich noch heute Abend nach Hause bringen, da mein Vater außerstande sei, mich abzuholen. Das würde ich sicher verstehen.

Satzfetzen waren es, die zwar irgendwie meinen Verstand erreichten, aber nicht wirklich zu mir durchdrangen. Auf einmal lag ich auf dem Boden, schwerelos, den Kopf voll dünner Bergluft. Das spröde Gewebe des Teppichs stach in meinen Rücken, tat mir an Armen und Beinen weh. Um mich herum schossen überall Stuhlbeine aus dem Boden, wie ein Wald aus polierten Baumstämmen. Als ich wieder aufrecht saß, hörte ich, wie ich mit den Zähnen gegen den Rand eines Wasserglases stieß.

Meine Mutter. Mama. Auf dem unbewachten Bahnübergang von einem Güterzug erfasst. Sofort tot. Sie habe nicht gelitten, sagten die Schwestern, erst jede einzeln, dann noch einmal fast gleichzeitig. Ein Kanon des Trostes. Sie habe nicht gelitten.

Ich erinnere mich noch gut an die Reaktionen meiner Klassenkameradinnen, vor allem an die von Marique. Sie schmierte mir im Refektorium, an unserem festen Tisch für acht Personen, ein Butterbrot und zwang mich, es zu essen. Als sei ich ihre kleine Schwester. Komm, nun mach schon. Ich hätte noch eine lange Reise vor mir und mit leerem Magen … Das Stück Brot lag einfach auf meiner Zunge. Ich hatte vergessen, wie man kauen oder schlucken musste. Später, ich saß schon im Auto, legte sie mir einen glänzenden Apfel in den Schoß. Für unterwegs.

Dabei weinte sie. «Ich will nie wieder wütend auf meine Mutter sein», sagte sie, «das habe ich mir heute vorgenommen.»

Schwester Bénédicte hielt den Blick starr auf den Weg gerichtet und brachte das Radio zum Schweigen, als die Nachrichten anfingen. «Sieben Uhr», sagte sie, «jetzt ist unsere Verabredung. Magst du mir noch erzählen, was du auf dem Herzen hattest?»

Ich schüttelte energisch den Kopf. Ich hätte es vergessen. Das verstand sie. Sie verstand alles. Wir wechselten während dieser endlosen Fahrt kaum ein Wort miteinander. Als ich vor unserer Haustür ausstieg, fiel der Apfel auf die Pflastersteine und kullerte unter das Auto.

Das Wohnzimmer war voller Leute, Bekannte und Unbekannte. Schwester Bénédicte sprach anscheinend flüssig Niederländisch. Beinahe hätte ich sie ermahnt: «*On parle le Français, ma sœur. Toujours*!»

Es war fast Mitternacht, als ich allein mit meinem Vater zurückblieb. Wir trugen gemeinsam die Tassen und Gläser in die Küche und wussten nicht, was wir einander sagen sollten. Sehnsüchtig starrte ich auf die Tür. Ich hoffte, meine Mutter würde hereinkommen und fragen, was die ganze Unordnung hier zu bedeuten habe. Wieso ich um diese Zeit noch nicht im Bett sei, an einem ganz gewöhnlichen Wochentag?

Papa nahm ein Zettelchen aus der fast leeren Obstschale heraus, drückte es mir in die Hand. Dabei zitterte er genauso heftig wie Oma Gleis. Kartoffeln. Lauch (Suppe). Goldrenetten. Käse.

«Sie kam mit ihren Einkäufen vom Markt zurück», sagte er, «aber wie so oft hatte sie ihre Liste vergessen.»

Da weinte er wie ein Schlosshund. Seine Nase triefte, das Gesicht war ganz verquollen. «Es tut mir so leid, es tut mir so schrecklich leid», schluchzte er.

Ich legte das, was von dem Päckchen Taschentücher übrig geblieben war, das Schwester Bénédicte mir gegeben hatte, vor ihm auf den Tisch.

Ohne etwas zu sagen, ging ich nach oben. Putzte mir die Zähne über dem Waschbecken in meinem Zimmer und schämte mich, dass ich selbst das nicht vergaß, an dem Tag, an dem meine Mutter gestorben war. Dann schob ich meinen Schreibtischstuhl vor die Tür und setzte mich darauf. Sah die Eisenbahnlinie vor mir. Ihr Fahrrad. Gemüse und Obst auf den Schienen. Mama … Kaum hörbar nannte ich die Worte, die auf ihrer Einkaufsliste standen, immer wieder, wie ein Mantra. Goldrenetten. Käse. Lauch (Suppe). Ich habe das Zettelchen in einem Seitenfach meines Portemonnaies aufgehoben, da, wo andere Frauen Fotos von ihren Kindern hineinstecken. Es war der Beweis, dass es ein Unglück gewesen war, sie nicht absichtlich auf einen herandonnernden Zug gewartet hatte. Weil sie dahintergekommen war. Dieser Gedanke war mir für eine Sekunde durch den Kopf gegangen, just bevor ich in der Schule zwischen all den Stuhlbeinen lag.

Mitten in der Nacht wurde ich wach von den Schritten meines Vaters. Das Herz schlug mir bis zum Hals. Ich hörte ein Scharren auf dem Treppenabsatz und Schritte nach unten gehen. Der Glasschrank im Wohnzimmer quietschte kurz. Ein Klirren. Ich fand das Schnapsglas am anderen Morgen auf dem Couchtisch.

Die Beerdigung, die vielen Leute, die Tränen, der absurde Gedanke, dass Mama in diesem Sarg aus poliertem Holz lag. Ich konnte das alles nicht fassen, und vieles davon ist aus meinem Gedächtnis gelöscht. *Deleted.* Ein Wort, das ich damals noch nicht kannte. Eine Erinnerung, fließend und schwer vor Wehmut, wird mir für immer bleiben: der Chor, Mamas Chor, der in der Kirche das *Stabat Mater* von Pergolesi sang. Wie unsichtbare Fingerspitzen, die mir die Musik in den Schädel einmassierten. Gänsehaut. Es bedeutete, dass ich noch lebte. Während ein Teil von mir genauso tot war wie meine Mutter.

Jahre später habe ich gelernt zu meditieren. «Stelle dir eine Wolke vor», wiederholte die hypnotisierende Stimme des Lehrers, «eine Wolke, auf der deine hereinkommenden Gedanken liegen. Nähre sie nicht. Lass sie in deinen Kopf hineinschweben, heiße sie willkommen, und lass sie dann zur anderen Seite wieder hinausfliegen.» Es half. Unendliche Himmel voller Kumuluswolken, ganze Schafherden habe ich wie ein guter Hirte aus meinem Kopf getrieben. Mit der Zeit wurde es darin recht leer. Aber in meinem Herzen auch, fürchte ich. Doch beim *Stabat Mater* kommen mir noch immer die Tränen.

J. begegnet seiner Mutter.

Zum Schuljahresende, gut zwei Monate nachdem meine Mutter gestorben war, nahm ich Abschied vom *Institut de la Vierge Marie pour jeunes filles*, von Schwester Bénédicte und meinen Klassenkameradinnen. Man hielt es für besser, wenn ich mein Abschlussjahr auf meiner alten Schule, sogar in meiner alten Klasse, absolvierte. Allen voran mein Vater, der die beiden übrig gebliebenen Pfeiler unserer auseinandergefallenen Familie nicht länger durch den großen Abstand und eine andere Sprache getrennt sehen wollte. Wir gehörten zueinander. Wir brauchten einander. Gerade jetzt. Ich konnte dem nichts entgegensetzen.

Als ich wehmütig den Vorhang meiner Chambrette ein letztes Mal zuschob, verschwand damit auch das Bild, das ich mir von meiner Zukunft gemacht hatte, aus dem Blickfeld. Der Eiffelturm stürzte in sich zusammen. Doch die Sehnsucht nach allem, was mir im Internat vertraut geworden war, war nichts im Vergleich zu der anderen, viel größeren Sehnsucht: der nach meiner Mutter.

Eines warmen Tages im Juli suchte ich Marique am Meer auf. Sie hatte einen Ferienjob im Hotel ihrer Eltern, weshalb sie sich nur ein Stündchen freinehmen konnte. Sie bestand darauf, ich müsse im August wiederkommen: Man suchte noch ein Zimmermädchen. Wir könnten dann den ganzen Monat zusammen verbringen. Ich konnte sogar so lange bei ihr wohnen. Sie hatte ein eigenes Zimmer mit einem Stockbett. Wie gerne hätte ich aus vollem Herzen Ja gesagt, aber ich schüttelte den Kopf. Ich konnte meinen Vater doch unmöglich einen ganzen Monat lang seinem Schicksal überlassen?

Schwester Bénédicte schrieb ich noch zwei Briefe auf Französisch. Sie antwortete, ich müsse meine Träume wahr machen. Ich dürfe Paris nicht aufgeben. Diesen Satz hatte sie sogar dick unterstrichen. Und wenn ich zunächst als Au-pair dorthin ginge, um mein Französisch zu perfektionieren. «*Paris t'attends!!!*», schrieb sie und knallte zur Anfeuerung ein paar Ausrufezeichen dahinter. Auf ihre Frage, ob ich mein Problem hätte lösen können, ging ich nicht ein. Ich lebte in dem Irrglauben, es habe sich von selbst gelöst.

Die zwei Monate, bis ich endlich von meiner alten in die neue Schule wechseln konnte – oder auch andersherum – waren einsam und leer. Mein Vater beauftragte mich, ihm beim Aussortieren von Mamas Sachen zur Hand zu gehen. Gemeinsam mit ihrem Geruch strömten auch die Erinnerungen aus den Falten ihrer Kleider empor. Um den Verschluss einer Halskette hatte sich ein feines Pinselchen ihrer Haare gebildet. In den Geheimfächern ihrer Taschen stieß ich auf Einkaufslisten, kleine Zettel, auf die sie Musiknoten oder Buchtitel notiert hatte, eine Haarklammer, die Miniaturflasche eines süßlichen Parfüms.

Mein Vater legte mir Altkleidersäcke hin, die er, nachdem wir sie mit Mutters Kleidung vollgestopft hatten, am Abend auf den Gehsteig stellte.

«Das Leben geht weiter», meinte er, «und dir ist das doch alles zu groß.»

Als es dunkel war, schleppte ich die Säcke wieder ins Haus hinein und sortierte alles noch einmal, und noch einmal. Den Schreibtischstuhl hatte ich vor meine Zimmertür geschoben. Die meisten Pullover und Jacken bewahrte ich ordentlich gestapelt in meinem Schrank auf. Nicht, dass sie mir wirklich gefielen, aber es waren vertraute Kleidungsstücke, in denen Mama gelebt hatte. Manche hatte sie sogar selbst gestrickt. Beinah konnte ich das Klappern der Nadeln hören, wenn ich mit der Hand über das weiche Material fuhr, daran roch, hineinbiss. Ich hoffte weiterhin ganz fest, sie würde eines Tages – wie ein Flaschengeist – aus den Strickmaschen heraus auftauchen und wieder Gestalt annehmen. Sie würde einfach vor mir stehen, mich ansehen und davon überzeugen, dass das alles überhaupt nicht wahr sei. Dass ich mich nicht so anstellen müsse. Natürlich war sie nicht tot. Wie ich nur auf so einen Gedanken käme?

Ein halbes Jahr später trug ich täglich ihre Kleider. Sie verhüllten meinen Körper, doch keiner vermutete dahinter etwas anderes als meinen Wunsch, in die Haut meiner Mutter zu schlüpfen. Sie war, ohne es zu wissen, meine Mitschuldige.

Oma Gleis wurde meine Stütze. Ich bewunderte es, wie sie sich tastend in dem weißen Haus bei den Schienen zurechtfand, mit Fingerspitzen, die ihr mehr und mehr die Augen ersetzten. Sie ließ sich nicht aus ihrem vertrauten Umfeld verjagen, wenn der Arzt auch der Ansicht war, sie solle besser jetzt, da sie noch Formen voneinander unterscheiden könne, in ein Altersheim ziehen. Wenn sie erst einmal vollkommen erblindet sein würde, was nur eine Frage von Monaten, höchstens einem Jahr sei, werde es weitaus schwieriger, sich an einem unbekannten Ort einzuleben, erklärte er. Das hielt sie für ausgemachten Blödsinn. Typisches Ärztegerede. Sie kannte ihr Haus wie ihre Westentasche, jede noch so kleine Unebenheit, die Bedeutung jedes Geräusches. Darüber würde sie später entscheiden, fertigte sie jeden ab, der ihr gute Ratschläge geben wollte. Wenn sie selbst nicht mehr sah, würde Gott sie schon im Auge behalten. Darauf folgte eine vage Handbewegung, je nachdem, wo sie sich gerade befand. Aber es stimmte immer. Neben der Wohnzimmertür hing der eingerahmte Druck, den sie noch von ihrer eigenen Großmutter geerbt hatte: «Gott sieht dich. In diesem Hause flucht man nicht.» Diese Worte standen unter dem von einem Dreieck umrahmten Gottesauge. Diese Warnung hatte früher Opa gegolten, der fluchte nämlich wie ein Kutscher.

Das Bild besitze ich immer noch. Gottes alles sehende Auge ist für mich unumstößlich mit Oma Gleis' verlöschenden Augen verbunden. Aber ob es tatsächlich alles sah? Da habe ich meine Zweifel.

 Ich suchte sie oft auf. Überall in dem weißen Haus fand ich Spuren meiner Mutter. Sie war dort aufgewachsen, hatte hier die Luft ein- und ausgeatmet, Fuß- und Fingerabdrücke hinterlassen. Ihr Schatten zeichnete sich an den Wänden ab. Manchmal schlich sie sich näher heran, kroch in mich hinein, bis wir eins wurden.

Oma Gleis konnte mühelos einen vorbeifahrenden Güterzug von einem Personenzug unterscheiden. Dabei murmelte sie die Anzahl der einzelnen Waggons vor sich hin, während die Kristallgläser im Büffetschrank auf ihren Füßchen tanzten. Oft tranken wir ein Tässchen Augentrost-Tee zusammen, den ich für sie aus einem Lebensmittelgeschäft in der Stadt mitbrachte. Mit steifen Fingern fischte sie anschließend die beiden Beutelchen aus der Teekanne, presste das Wasser heraus, um sie sich auf die geschlossenen Lider zu legen. «Wenn's vielleicht auch nicht hilft, schaden tut es jedenfalls nicht», meinte sie. «Auf jeden Fall tröstet es.» Es war kein schöner Anblick, wie Oma so völlig bewegungslos in ihrem Sessel saß, den Kopf im Nacken, während die ockerfarbenen Teetränen an ihrem Hals hinunterrannen. Ich tupfte sie mit einer Serviette ab, während Gott uns aus seinem Bilderrahmen heraus gütig ansah.

Als mein eigener Schrank zu Hause zu voll wurde, schleppte ich jede Menge Sachen meiner Mutter in Omas Haus, wo ich ihnen einen Platz im Gästezimmer gab. So entstand mein Muttermuseum. Über das Bett breitete ich eine Patchworkdecke, die Mama in jungen Jahren selbst gehäkelt hatte, stellte Fotos auf, auf denen sie mit halb zugekniffenen Augen in die Kamera schaute. Ich rettete eine Schachtel voll kitschiger Reisesouvenirs vor dem Trödelmarkt und stellte sie auf einen Schrank, über den ich vorher einen indischen Sari drapiert hatte: mein Altar. Mit der Zeit übernachtete ich immer häufiger in dem Zimmer, das früher Mamas Kinderzimmer gewesen war. In ihrem Bett, auf der Matratze, in der noch ihr Körperabdruck zurückgeblieben war. Ich schmiegte mich dort hinein wie in einen Mutterschoß. Ich wurde zur Fetischistin.

Eines der letzten Male, als Oma Gleis gerade Essen machen wollte – wenig später ließ sie sich Fertigmahlzeiten von «Essen auf Rädern» bringen –, riss ich, um ihr die Fieselarbeit zu ersparen, das Zellophanpapier von einer Keksschachtel. Ohne sich umzudrehen, sagte sie: «Vor dem Essen wird nicht genascht. Ich kann dich sehen, ich habe Augen auf dem Rücken.» Da begann ich zu weinen. Oma begriff meine Reaktion nicht. Es war doch bloß ein Scherz! Sie war doch gar nicht wirklich böse! Sie trat auf mich zu, nahm mich fest in ihre Arme. Ich schluchzte. «Ach Kind», sagte sie. Genau wie Mama. «Ach Kind!» Solche Déjà-vus brachten mich tagelang aus der Fassung.

Ich ging meinem Vater so viel wie möglich aus dem Weg, aber das gelang mir nicht immer. Wie von selbst entwickelte sich eine neue Aufgabenverteilung. Ich kochte oft, besser gesagt, ich sorgte dafür, dass etwas Warmes auf den Tisch kam. Meine Inspirationen holte ich mir aus der Internatsküche: Weißkohl mit Fertigsauce aus der Tüte oder Grillhähnchen vom Markt, dazu halb durchsichtigen Apfelbrei aus dem Glas. Suppe aus der Dose, angereichert mit kleingeschnittenen Gemüseresten. Fast wie echt.

Am Küchentisch führten wir relativ normale Vater-Tochter-Gespräche.

Er: «Ah, wie das schmeckt! Ich wusste ja gar nicht, dass du so gut kochen kannst.»

Ich (*matt lächelnd*): «Ich, ehrlich gesagt, auch nicht.»

Er: «Soll ich dir beim Abwasch helfen?»

Ich: «Ja gern, dann aber bitte gleich nach dem Essen. Ich muss nämlich weg.»

Er: «Wohin denn? Hast du schon alle Bücher für die Schule, oder brauchst du noch etwas?»

Ich: «Alles okay. Kein Grund zur Sorge!»

Kein Wort zu viel. Laut klappernd erledigte ich im Rekordtempo den Abwasch und machte mich so schnell wie möglich aus dem Staub. Ich konnte seine Nähe, die solche häuslichen Szenen mit sich brachten, kaum länger als ein paar Minuten ertragen.

Nachts hörte ich oft, wie seine Schlafzimmertüre aufging, seine Schritte auf dem Treppenabsatz, dann unten vage das Klirren von Glas. Schlaftrunken, aber wachsam setzte ich mich auf den Stuhl vor meiner Zimmertür und lauschte so lange, bis ich die Geräusche in umgekehrter Reihenfolge hörte. Bis ich ganz sicher war, dass er wieder im Ehebett lag. Bis sein Betthupferl wirkte.

Eines Tages saß ich bei Oma Gleis und trank ein Gläschen Tee, als es klingelte. Vor der Tür stand ein vitaler Mann mit einer Werkzeugkiste in der Hand. «Ich komme das Schloss anbringen, Fräulein», verkündete er und trat ein. Sein Name sei André, er sei der Schwiegervater des Freundes des Nachbarn und war nun hier, weil Oma ihn gebeten hatte, ein Riegelschloss an der Küchentür zu befestigen. Ich persönlich fand, das sei mehr etwas für einen Hühnerstall oder einen Fahrradschuppen, doch Oma behauptete, sie würde sich damit sicherer fühlen. Heutzutage kämen sie mit einer verbogenen Haarspange oder einer Heftklammer im Handumdrehen in dein Haus. Selbst wenn man die Tür zur Nacht verriegelt hatte. Das wusste sie aus den Nachrichten.

Ich sah dem Mann aufmerksam dabei zu, wie er zu beiden Seiten des Türrahmens Löcher bohrte, aus denen feiner Staub aufwirbelte. Wie er mithilfe eines Lineals feine Bleistiftstriche zog, die er anschließend mit einem Radiergummi wegrubbelte. Wie er die genaue Anzahl benötigter Schrauben zählte und auf die Tischplatte legte. In nur einer Viertelstunde war die Sache erledigt. Er rief Oma herbei, nahm ihre Hand, die er, mit seiner eigenen großen Männerhand darüber, an den Metallriegel führte. Gemeinsam schoben sie den Bolzen durch den Halbring. Anschauungsunterricht.

«Wie gesagt, eine Kleinigkeit», meinte er. «Und sollte das mit dem Öffnen oder Schließen nach einer Weile nicht mehr ganz so reibungslos gehen, einfach ein Tröpfchen Salatöl draufgeben!»

Oma erkundigte sich, was sie ihm schuldig sei. «Nichts, Mütterchen, gar nichts. Arbeitsstunden habe ich nicht, Anfahrtskosten berechne ich nicht, wenn ich mit dem Fahrrad komme, und das Schloss liegt seit mindestens zehn Jahren unbenutzt in meiner Kiste. Aber ein Bier wäre fein!»

Gleich am nächsten Tag besorgte ich mir in einem Bauladen dasselbe Schloss. Es war mit den dazugehörigen Schrauben in Plastik eingeschweißt. Ich wartete, bis ich allein zu Hause war, und testete in der Garage die Black & Decker meines Vaters. Einfach so in den luftleeren Raum hinein, als hätte ich einen Stabmixer in der Hand. Trotzdem musste ich erst einmal tief durchatmen, bevor ich es wagte, auf den kleinen Knopf zu drücken. Die dicke Bohrschraube ersetzte ich durch eine feinere.

In meinem Zimmer steckte ich mir, wie André, zwischen dem Linienziehen und dem anschließenden Bohren den Bleistift hinters Ohr. Ich brachte die Sache akkurat zu

Ende. Es war ein denkwürdiger Augenblick für mich, als ich den Riegel langsam zuschob und merkte, dass eine gute Vorbereitung schon die halbe Miete ist.

Seither schlief ich fest und ungestört. Papas nächtliche Ausflüge zum Barschrank rissen mich nicht mehr aus dem Schlaf. Mein Herz klopfte nicht mehr bei jedem Geräusch. Wieso war ich nicht eher auf so eine simple Sache gekommen? Ich hatte Mama mehrmals um einen Schlüssel für mein Zimmer gebeten. Den habe sie verlegt, behauptete sie. Aber ob sie je einen besessen hatte? Außerdem, welches Kind wolle sich denn in den eigenen vier Wänden einschließen? Privatsphäre? Wie bitte? Sie klopfte doch jedes Mal an, bevor sie eintrat.

Am 24. August, eine Woche bevor für mich das neue Jahr auf meiner alten Schule anbrechen würde, feierten wir Mamas Geburtstag. Mein Vater war davon überzeugt, sie hätte das selbst so gewollt. Erinnerungen, Tränen, Kuchen und ein paar Flaschen Wein. Viel zu viele für so wenige Leute. Oma Gleis war da, zwei Tanten, ein Onkel, Papa und ich. Ich selbst machte mich unsichtbar, sagte kaum ein Wort. Mama fehlte so sehr, dass es wehtat.

Gegen elf verabschiedeten sich die Gäste, und Papa brachte Oma Gleis nach Hause. Ich räumte inzwischen Teller und Gläser weg, stapelte alles auf der Anrichte in der Küche. Ein in sich zusammengefallenes Tortenstück stellte ich in den Kühlschrank. Dann füllte ich mein Weinglas noch einmal, eher, um die letzte Flasche zu leeren, als dass ich Lust darauf hatte. Als ich draußen die Wagentür zuschlagen hörte, rannte ich nach oben. Ich hatte keine Lust, jetzt noch ein wenig über diese unwirkliche Zusammenkunft mit ihm zu plaudern. Vor lauter Eile, alleine zu sein, vergaß ich, den Riegel vorzuschieben.

Ich zog mich schnell aus, stand gerade vornübergebeugt im Slip neben dem Bett und suchte unter meinem Kopfkissen tastend nach dem Nachthemd. Genau in diesem Moment schwang mein Vater die Tür auf. Ein paar unendlich lange Sekunden blieb er, schwer atmend und mit rot angelaufenem Gesicht in der Türöffnung stehen, die Hand genau über dem Schloss am Türpfosten. Dann begann er jämmerlich zu heulen, wie ein angeschossenes Tier. Er schrie den Namen meiner Mutter. Dann meinen. Mit zwei dröhnenden Schritten stand er plötzlich neben mir, klammerte sich an mir fest. Mit trüben Augen sah er einfach durch mich hindurch. Auf einmal hatte er dutzende Hände. Wir rangen miteinander, doch ich verlor den Streit.

Es ist mir nie gelungen, zu beschreiben, benennen, begreifen, was danach geschah. An Intensität und Schwärze übertraf es alles, was je zuvor geschehen war. An den Dienstagen, während meine Mutter den Chor dirigierte. Noch heute, so viele Jahre später, finde ich keine Worte für diesen Ausbruch alles Bösen, für diese Katastrophe.

SECHSTE STATION:

Veronika reicht J. das Schweißtuch.

Am nächsten Morgen wurde ich schon früh vom sommerlichen Gezwitscher der Amseln geweckt. Die Sonne schimmerte durch die Vorhänge hindurch, zog ihre wohlvertrauten, gelblichen Lichtstreifen am Fußende meines Bettes. Ich hörte die Müllabfuhr die Straße entlangfahren, abbremsen, wieder anziehen. Männerstimmen. Dumpfes Aufklatschen.

Das Schloss an meiner Tür war verriegelt. Es glänzte funkelnagelneu. Ich trug mein hellgrünes Nachthemd, ein ausgeleiertes T-Shirt mit Bärchenmotiv, das in einer Sprechblase «*Good Night*» wünschte. Alles wirkte so schrecklich alltäglich. Also beschloss ich, dass das alles überhaupt nicht passiert war. Dass ich das bloß geträumt hatte. Ich zog einen schweren Vorhang vor den Albtraum, der mich mit Scham erfüllte, und kehrte ihm den Rücken.

Als ich aufrecht neben meinem Bett stand, spürte ich jeden einzelnen Muskel. Überall tat es weh, vom Nacken bis hin zu den Knöcheln. Auf meinem rechten Oberschenkel entdeckte ich einen blauen Fleck, von der Größe einer Hand und dunkel wie Gewitterluft. Ein Waschlappen trieb in meinem Waschbecken, das zur Hälfte mit flockigem Seifenwasser gefüllt war. Ich ließ es ablaufen und schrubbte das weiße Porzellan, bis es glänzte. Dann schlüpfte ich in meinen Bademantel und ging ins Badezimmer. Ich drehte den Schlüssel zweimal im Schloss herum und nahm eine ausgiebige warme Dusche. In frischen Kleidern, die feuchten Haare ordentlich gekämmt, ging ich nach unten. Es war ein ganz normaler Tag. Auf der Treppe roch ich Kaffee. Mein Vater las am Küchentisch Zeitung, oder besser gesagt, er starrte auf die Buchstaben. Ich setzte mich ihm gegenüber, schenkte mir Kaffee ein und fragte ihn, ob er auch noch eine Tasse wolle. Er nickte. Dann sah er mich an. Mit fiebrigem Blick und blutunterlaufenen Augen. Plötzlich fühlte ich Mitleid. Mit ihm!

«Es tut mir leid», stammelte er. Die Worte schusserten wie Murmeln zwischen der Butter und dem Konfitüreglas hin und her. Es tue ihm leid. Das würde nie wieder vorkommen. Es müsse unter uns bleiben. Er sei nicht er selbst gewesen. Wer denn sonst, fragte eine Stimme in mir. Ein Werwolf etwa?

Obwohl ich nicht richtig hinhörte, drangen Fetzen dessen, was er sagte, in meinen leeren Kopf hinein, wo sie sich für immer festgesetzt haben. Hinter dem Vorhang. Seitdem ist der Albtraum nie wieder zur Sprache gekommen.

Ich toastete mir eine Scheibe Brot, belegte sie mit Schnittkäse, trank ein Glas Orangensaft und löffelte einen Becher Joghurt aus. Wortlos. Wie ein Automat. Unterdessen blickte er mich die ganze Zeit an wie ein Hund, der um Aufmerksamkeit bettelt. Oder um Vergebung? Erst nachdem ich mein Frühstück beendet hatte, sprach ich es aus: dass ich meine Sachen packen und bei Oma Gleis wohnen würde. Jetzt, sofort, ja, noch am Vormittag. Im Kühlschrank stünden noch Makkaroni, mit Käsesoße. Und ein Stück Kuchen. Das mit dem Essen heute wäre also kein Problem.

«Was wird Oma sagen?», fragte er laut. Alles an ihm war pure Angst.

«Frag dich mal lieber, was ich ihr sagen werde», gab ich zur Antwort. Er schaute noch immer wie ein Hund. Ein ängstlicher, geprügelter Hund.

Mit meiner Sporttasche voller Kleidung plus einem Rucksack voll Schulsachen fuhr ich kurz darauf mit dem Rad zu Oma Gleis. Sie hatte mir einen Schlüssel für den Vordereingang gegeben, weil ich ja, seit es den Riegel gab, nicht mehr unangekündigt von hinten hereinspazieren konnte. Oma saß in ihrem Sessel, zwei saubere Handtücher und zwei Waschlappen auf den Knien und wartete auf die Gemeindeschwester, die helfen kam.

«Sind Sie das, Schwester?», fragte sie, als ich ins Wohnzimmer trat.

Ich kniete mich mühsam vor sie hin und bat sie, ob ich eine Zeit lang bei ihr wohnen dürfe. Ich könne ihr helfen, zum Beispiel mit den Besorgungen oder auch beim Kochen. Wir beide würden es uns so richtig gemütlich machen!

Sie legte mir die Hand auf den Kopf und kraulte mir mit sanften Fingerspitzen das Haar. Da brach ich zusammen. Meine Schultern zuckten. Davon fing mein ganzer Körper wieder zu schmerzen an. «Ruhig, mein Kind. Sei ganz ruhig …», tröstete sie mich. Sie trocknete mir das

Gesicht, erst mit einem braunen, dann mit einem gelben Handtuch. Von dem rauen Stoff bekam ich brennende Striemen auf den Wangen. Oma Gleis hielt nichts von Weichspülmitteln.

Ob ich mich mit meinen Vater gestritten hätte? Sie habe nicht das Recht zu urteilen und gewiss nicht in dieser schwierigen Phase, aber er sei schon immer verschlossen wie eine Muschel gewesen, fand sie. Einer, der alles in sich hineinfraß. Ein Mann mit einer Gebrauchsanweisung. Das hatte sie gleich gemerkt, als ihre Tochter ihn zum ersten Mal mit nach Hause gebracht hatte. Bestimmt wusste er sich nicht zu helfen in seinem Kummer. Und dann gab es ja auch noch eine Tochter, die es selbst nicht leicht hat. Sie habe die Spannung gestern Abend gespürt. Irgendwann musste es mal eskalieren, das war zu erwarten. Die Situation werde sich schon von selbst wieder beruhigen. Wir bräuchten einfach etwas Zeit. Wir alle. Und bis dahin könne ich gern bei ihr wohnen.

Allmählich beruhigte ich mich.

«Guten Morgen, ich bin's!», tönte es aus dem Flur. Die Ortskrankenschwester kam herein und wartete diskret ab, bis ich mich wieder ganz im Griff hatte. Während ich trockene Handtücher holen ging, hörte ich, wie sie verschwörerisch zu Oma sagte, zu Hause habe sie auch zwei, die mitten in der Pubertät steckten. Sie kenne das, diese Gefühlsausbrüche, die Stimmungsschwankungen. Bei Mädchen sei das übrigens noch schlimmer als bei Jungen.

Mit steifen Beinen stieg ich die Treppen zu meinem

Muttermuseum hinauf. Ich wagte es kaum, die Fotos anzusehen. Von tiefer Scham erfüllt, senkte ich den Blick. Vielleicht habe ich sogar «entschuldige» gemurmelt. Ich legte mich aufs Bett, lauschte auf die vorbeifahrenden Züge, immer zwei kurz hintereinander und dann wieder eine ganze Weile nichts. Ich schlief ein und irrte durch eine undurchdringliche Düsternis. Es war bereits Nachmittag, als ich wieder hinunterging, wo Oma in ihrem Sessel eingenickt war.

«Bist du noch da, Kind?», erkundigte sie sich.

Ich erinnerte sie daran, dass ich ein Weilchen bei ihr wohnen würde. Sie hatte es vergessen.

SIEBTE STATION:
J. fällt zum zweiten Mal unter dem Kreuz.

«Wir heißen heute zwei neue Schüler in unserer Abschlussklasse willkommen», verkündete Frau Mortelmans, genannt «Mops», am ersten Schultag. «Einer der beiden ist allerdings nicht wirklich neu, sondern wieder zurück.» Also ich. Der einzig wirkliche Neuzugang war Matteo, ein blonder Lockenschopf mit italienischen Vorfahren. Seinen Nachnamen, der irgendwie nach Eiscreme und Oper klang, habe ich vergessen. Stachiachello? Macchiavelli? Er trug Sandalen – Jesuslatschen – an seinen braunen nackten Füßen, dazu ein fuchsiafarbenes T-Shirt, das entweder zu heiß gewaschen worden war oder von seiner kleinen Schwester stammte. Kein Mitläufertyp, so viel war klar.

Meine ehemals beste Freundin hatte sich im vergangenen Jahr um hundertachtzig Grad gewandelt. Sie war blonder und gebräunter, als ich sie in Erinnerung hatte, kicherte und tuschelte dauernd über Sachen, nach denen mir nicht der Sinn stand. Zu Beginn meiner Internatszeit hatten wir uns gegenseitig noch ein paar Mal geschrieben, nach und nach war unser Briefwechsel aber eingeschlafen. Wir haben den Faden nie wieder da anknüpfen können. Wir waren inzwischen zu weit voneinander fortgetrieben. Meine anderen Klassenkameraden ließen mich links liegen, weil sie keine Ahnung hatten, was man zu jemandem sagen soll, der gerade die Mutter verloren hat und ganz offenbar darunter litt. Auf Feiern, die damals noch Partys hießen, wurde ich nicht eingeladen. Das Leben ist ein Fest, kein Platz für Kummer. Ich protestierte nicht, machte mich stattdessen unsichtbar.

Notgedrungen pendelte ich zwischen Omas Haus und dem meines Vaters hin und her. Ich passte auf, dass er nicht da war, wenn ich mal Sachen für die Schule oder Kleidung abholen kam. Manchmal lag dann ein Brief auf dem Tisch. Ob wir noch einmal zusammen essen wollten? Nächste Woche, schrieb ich auf einen Antwortbrief, habe gerade ziemlich viel zu tun für die Schule. Oder, ich kann Oma nicht zu lange allein lassen.

Diese Zettelchen, eine Auswahl meiner höflichen Ausflüchte, habe ich lange aufgehoben. Es war keine einzige Notiz darunter, auf der «Scheißvater, ich hasse dich!» stand. Dafür war ich zu gut erzogen.

Manchmal berichtete Oma Gleis mir, Papa sei vorbeigekommen. Wie schade er es fand, dass ich nicht da gewesen sei. Mir schien, als passe er den Moment ab, bis er mich mit dem Rad hatte wegfahren sehen, ehe er klingelte. Wir wurden Meister im Aufrechterhalten des Scheins. Vor den anderen, aber auch vor uns selbst.

Es war für mich ein kleiner Triumph, dass ich sie alle im Französischunterricht haushoch übertraf. Sogar den Lehrer. Zwar trauerte ich und war irgendwie bedauernswert, doch wenn es darauf ankam, Französisch zu sprechen oder zu schreiben, richtete ich mich auf, und keiner konnte mehr über mich hinwegsehen. Dann war ich keine *quantité négligeable*. Ob ich keinen Trick kenne, wie er die unregelmäßigen Verben in seinen Schädel hineinbekommen könne, fragte Matteo mich eines Tages, denn für ihn war das alles Chinesisch. Er war der Einzige in der Klasse, der mich direkt ansprach. Ich bot ihm an, zusammen zu üben, und so radelten wir eines Freitagnachmittags gemeinsam zu meinem Elternhaus, wo meine französischen Schulbücher aus dem Internat standen. Während er in der Küche wartete, suchte ich in meinem Zimmer nach dem Grammatikbuch. Wieder unten angekommen sah ich, wie er ganz nah mit dem Gesicht vor einer Reihe winziger Gemälde meines Vaters stand, die zum Trocknen auf der Anrichte lehnten: eingezäunte Tiere im Zoo, Menschengruppen. Kinder, die an rosafarbener Eiscreme leckten, gestreifte Sonnenschirme, viel zu lange Giraffenhälse aus gelbbraunen Farbflächen. Malbuchkunst. Alles fein säuberlich innerhalb der Umrisse.

«Lustig», fand Matteo. «Hast du die gemalt?»

Beleidigt antwortete ich, ich hätte in meinem Alter doch Besseres zu tun …

«Dann hast du sicher ein Brüderchen oder eine kleine Schwester mit Talent, oder?»

«Ich bin Einzelkind, und das ist das Hobby meines Vaters.»

«Na, besser einen Vater mit einem kindischen Hobby als überhaupt keinen Vater», seufzte Matteo. Seiner war vor zehn Jahren an der Krankheit gestorben, deren Namen man damals noch nicht aussprechen durfte. Seine Mutter war mit drei kleinen Jungs zurückgeblieben. Ich erzählte, wie meine Mutter vor ein paar Monaten von einer Minute auf die andere aus meinem Leben verschwunden war.

«Das heißt, du kümmerst dich jetzt ein wenig um deinen Vater?», nahm er an.

«So würde ich es nicht nennen», sagte ich. «Ich wohne zum Teil hier, zum Teil bei meiner blinden Oma. Ich verstehe mich nicht besonders gut mit meinem Vater.»

«Liegt bestimmt an der Pubertät», lachte Matteo, während er eins der kleinen Gemälde in die Hand nahm, das eine aufgeplusterte Eule zeigte, die mit nur einer Klaue eine Maus im Griff hielt. Als ich die Kühlschranktür öffnete, um etwas zu trinken herauszunehmen, fiel mir auf, dass er blitzsauber war und sämtliche Fächer gefüllt waren. Mit Plastikbehältern, die mir nicht bekannt vorkamen, und Flaschen mit gesundem Obststaft. Im Gemüsefach lagen Auberginen und eine Paprika, außerdem ein großes Stück Braten in durchsichtiger Folienverpackung.

Während wir am Tisch saßen, das französische Schulbuch und das Eulenbild zwischen uns, kam mein Vater plötzlich in die Küche. Er sah mich forschend an.

«Das ist Matteo, mein Freund», behauptete ich spontan.

Matteo führte theatralisch beide Hände auf die Brust und verdrehte kokett die Augen. Ab diesem Augenblick war er auch ein Freund.

Er machte Papa ein Kompliment für seine Malerei, woraufhin mein Vater stolz verkündete, er habe bald im Rathaus eine Ausstellung. Er zeigte uns noch ein paar seiner

 Werke, vor allem Porträts. Unter anderem ein Triptychon von einer kreidebleichen Frau mit glattem schwarzem Haar. Vom Typ Geisha.

«Ist das deine Mutter?», erkundigte sich Matteo.

«Nein!», rief ich. «Meine Mutter war mollig, mit rosigen Wangen. Einfach schön. Diese Person kenne ich nicht.»

Mein Vater schwieg mit gesenktem Blick.

Ich begleitete Matteo zur Tür und ging mit ihm bis zur Straßenecke. Er bedankte sich ausgiebig für das Buch, meine Erläuterungen und die Gastfreundschaft. So viel gutes Benehmen brachte mich zum Lachen. Dann sagte er, er wolle mir noch etwas gestehen. Damit es keine Missverständnisse gebe.

«Es ist nämlich so», begann er, «dass ich wirklich gern dein Freund sein möchte. Gleich am ersten Tag habe ich so was gespürt, so etwas … Wenn das nicht so tuntig klingen würde, würde ich sagen: Verbundenheit! Wir zwei sind anders als der Rest der Klasse, und nicht bloß, weil wir die Neuen sind. Wir beide sind Halbwaisen, also Schicksalsgenossen! Aber ich selbst bin noch ein wenig mehr anders als bloß anders, falls du verstehst, was ich meine. Daher hoffe ich, dass du dir nicht zu viele Hoffnungen auf etwas machst, was nicht sein kann.»

Ich hatte nicht die leiseste Ahnung, was er mir nach dieser mysteriösen Einleitung sagen wollte. Vermutlich machte ich einen hilflosen Eindruck.

«Du sollst wissen», fuhr er fort, «dass ich ein Anhänger der griechischen Kultur bin. Dass ich auf Jungs stehe. Dass ich homosexuell bin. Mehr Begriffe kenne ich dafür noch nicht.»

Als ich die Augen aufriss, weil ich es nicht fassen konnten – ich hatte noch nie jemanden so etwas sagen hören, geschweige denn, über sich selbst –, bekam er einen Lachanfall.

«Es tut nicht weh und ist auch nicht ansteckend, falls dich das beruhigt.» Er legte seine sanfte Hand auf meinen Arm.

Zum ersten Mal seit Langem verspürte ich so etwas wie Glück. Kleines, fassbares Glück. Ich sagte, ich fände das klasse, was ich auch so meinte. Ich hatte einen Freund, der nichts von mir wollen würde, was ich nicht wollte und auch nicht konnte.

«Matteo, das sind tolle Neuigkeiten!» Ich gab ihm spontan einen Kuss auf seine flaumige Wange. Er lief bis zum Haaransatz rot an.

Genau in dem Moment fuhren drei Mädchen aus unserer Klasse auf ihren Rädern vorbei, darunter meine ehemals beste Freundin. Sie riefen uns hinterher und gurrten wie Turteltauben. Erwischt!

Am darauffolgenden Montag pfiffen es schon die Spatzen von den Dächern: Die beiden Neuen gehen miteinander. Matteo steht auf den französischen Schlaukopf. Schaut, wie sie strahlt! Seht nur, wie er nach ihr giert!

«Prima», fand Matteo, «besser so, als dass sie mich ‹schwule Sau› nennen. Ich tue zwar cool, aber ich bin's nicht immer.»

Um die Gerüchte am Leben zu halten, spazierten wir sogar manchmal Hand in Hand zum Schultor hinaus. Wir übten regelmäßig Französischvokabeln im Haus meines Vaters und führten gute Gespräche miteinander. Trotzdem vertraute ich ihm nicht alle meine Geheimnisse an.

Papa sagte mit verschlossener Miene, es freue ihn, dass ich verliebt sei. Es würde mir guttun. Ich sei schließlich im entsprechenden Alter. Er malte ein Bild von uns beiden, das er mir nach der Ausstellung schenkte. Viele Jahre später habe ich es an Matteo als Souvenir weiterverschenkt. Das war kurz bevor er nach New York zog.

Oma Gleis liefen die Tränen. Langsam drehte sich ihr grauer Kopf von links nach rechts, dann trocknete sie sich das Gesicht mit einem von Opas Taschentüchern. Ihr Kummer war zu groß für ein Damentaschentuch oder gar ein Tissue. Wir saßen im Kreis um sie herum: Papa, Tante Hilda, die Gemeindeschwester, eine Unbekannte und ich.

«Wir müssen den Tatsachen ins Auge sehen», sagte die Schwester. Das fand ich nicht gerade feinfühlig ausgedrückt.

«Es ist einfach nicht mehr zu verantworten. Auch wenn sich Ihre Enkelin noch so sehr bemüht und trotz aller Hilfe», fuhr die Unbekannte fort.

«Sie werden sich dort gut um dich kümmern, Mutter», sagte Tante Hilda mit belegter Stimme. «Wir lassen dich auch ganz bestimmt nicht im Stich.»

Mein Vater sagte keinen Ton. Ich bemerkte, wie das blaue Flüsschen auf seiner Stirn anschwoll.

Es war Mitte November, der Winter stand vor der Tür. Für Oma war es nicht mehr sicher, so oft allein zu Hause zu sein. Sie stellte die Gasöfen glühend heiß oder schaltete sie erst gar nicht ein und saß dann die halbe Nacht unterkühlt in ihrem Sessel, ohne irgendein Zeitgefühl, während ich ahnungslos oben schlief. Sie verbrannte sich an der Gasflamme des Herdes die Hand, um die sie anschließend ein dreckiges Küchenhandtuch wickelte, weshalb sich die Brandwunde entzündete. Sie kannte sich in ihrem verdunkelten Leben nicht mehr aus.

Man werde einen guten Platz in einem Heim suchen. Erst als sich alle einig waren, wurde Oma Gleis darüber informiert. Ich gab ihr einen aufmunternden kleinen Klaps auf die Hand, um die die Gemeindeschwester einen sauberen Verband gewickelt hatte, und sagte, ich ginge mal Kaffee machen. Ich konnte nicht länger mit ansehen, wie erschüttert sie war.

Das Wasser in dem altmodischen Wasserkessel kochte. Ich goss einen Schuss auf den gemahlenen Kaffee und schnupperte daran: Zuerst anfeuchten, dann den Filter ganz voll gießen. So hatte es mir meine Mutter beigebracht. Als das intensive Aroma in meine Nase drang, begann sich plötzlich alles zu drehen. Der Stuhl, auf den ich mich hatte setzen wollen, drehte sich ebenfalls. Mit einem dumpfen Schlag fiel ich auf die Küchenfliesen: gelb und grün. Gemasert. Kalt.

Wie ich wieder auf den Stuhl gekommen bin, daran erinnere ich mich nicht mehr. Die Schwester stand auf einmal neben mir und betupfte mir das Gesicht und die Schläfen mit einem feuchten Geschirrtuch. Alles würde gut werden, meinte sie, um mich zu beruhigen. Da hätten mich wohl meine Gefühle übermannt. Oma Gleis werde jedoch nicht so endgültig aus meinem Leben verschwinden wie meine Mutter. Das verstünde ich doch, oder? Es sei nur zu ihrem Besten. Ich müsse sie einfach ganz oft besuchen gehen. Das Heim, auf dessen Warteliste sie stand, lag am Rande des Dorfs. Ein Viertelstündchen mit dem Rad, nicht mehr. Sie redete unaufhörlich, während sie neues Wasser in den Filter goss. Sie stellte mir eine Tasse Kaffee vor die Nase und sagte energisch «Hier, trink das! Dann bist du gleich wieder auf den Beinen.»

Ich erinnere mich nicht mehr daran, ob der Rest der Gesellschaft etwas von dem kleinen Zwischenfall mitbekommen hatte. Es war mir ganz unmöglich, den Kaffee auszutrinken. Ich ekelte mich davor. Kippte die Tasse in den Ausguss und kniff mir in die Wangen, bis sie wieder gut durchblutet waren.

«Dann werde ich mich wohl damit abfinden müssen», hörte ich Oma leise sagen, als ich wieder ins Zimmer trat.

«Ich werde oft zum Lernen hierherkommen und auf dein Haus aufpassen, Oma», sagte ich zu ihrer Beruhigung. «Und dann besuche ich dich und erzähle dir, wie es läuft.»

Für diese Bemerkung bekam ich später von der Frau von der Fürsorge ein Kompliment. Es würde den Abschiedsschmerz mildern, wenn nicht gleich das ganze Haus leer geräumt und verkauft werden würde. Oma könne ja ihre vertrauten Gegenstände mit ins Heim nehmen. Die würde sie nächste Woche gemeinsam mit Tante Hilda aussuchen. Mein Vater schlug vor, einen Lieferwagen zu mieten, wofür er gern die Kosten übernehmen wolle. Das Schild mit der Aufschrift «Gott sieht dich. In diesem Hause flucht man nicht» müsse unbedingt mit.

«Dann sieht wenigstens einer, wohin sie mich abschieben», sagte Oma. Ich hörte an ihrer Stimme, dass sie noch nicht ganz kapituliert hatte.

Als alle wieder fort waren und Oma fernsah, wie wir das trotz ihrer nichtssehenden Augen auch weiterhin nannten, wusch ich die Tassen ab und spülte die Thermoskanne aus. Da wellten sich die Wände noch einmal, diesmal blieb ich jedoch auf den Beinen.

NEUNTE STATION:

J. fällt zum dritten Mal unter dem Kreuz.

Die Bildchen meines Vaters, insgesamt achtundzwanzig, hatte man auf Augenhöhe im Ratssaal des Rathauses aufgehängt. Ein ganzes Stück höher hing die richtige Kunst: Könige und Edelleute blickten goldgerahmt aus einsamer Höhe auf bunte Giraffen herab, Jahrmarktkarussells, Ruderboote auf einem Teich, puppenhafte Kinder mit Luftballons.

Unbehaglich streifte mein Vater in seinem dunkelblauen Anzug mit silbergrauer Krawatte zwischen den Besuchergrüppchen umher. Dieselbe Kombination, die er auf Mamas Begräbnis getragen hatte. Ein stechender Schmerz im Magen erinnerte mich an den Kummer von damals. Da war jedoch noch etwas, was ich aber sofort verdrängte: mein Mitgefühl mit ihm. Oder war das wieder Mitleid? Er war heute der Mittelpunkt des Abends und strahlte dennoch vollkommene Einsamkeit aus.

Ich riss mich zusammen und stellte mich zu Matteo, der ebenfalls eingeladen war. Zu diesem Anlass hatte er ein lilafarbenes Hemd angezogen und seine *combat boots* auf Hochglanz poliert.

«Meine Damen und Herren», ergriff die Kulturabgeordnete das Wort, indem sie in die Hände klatschte. Alle verstummten. Sie hielt eine Rede. Über Kunst, die tröstlich sein kann, über Schönheit, die die Welt retten kann.

 Über meinen Vater, der in dieser schwierigen Phase seines Lebens seine Kreativität in neue Kunstwerke gesteckt hatte. Über das Kind, das in keinem von uns verloren gehen dürfe. Über seine einzige Tochter, die heute ebenfalls anwesend war und ihn bedingungslos unterstützte. Woher nahm sie das? Damit erklärte sie diese außergewöhnliche Ausstellung für eröffnet, gab den beiden Männern, die mit einem Tablett voller Gläser warteten, ein Zeichen. Während des höflichen Applauses strich sie sich das glatte schwarze Haar aus der Stirn, wodurch ihr wachsbleiches Gesicht besser zu erkennen war. Da ging mir ein Licht auf: Sie war diese Frau auf dem Triptychon. Die Geisha!

Sobald sich die Menschentraube in Bewegung setzte, steuerte ich direkt auf die Porträts zu. Mit einem Glas Weißwein in der Hand studierte ich die Gesichtszüge gleich in drei Varianten, zunächst aus der Nähe, dann mit ein wenig Abstand – wie ein echter Kunstkenner. Es gab überhaupt keinen Zweifel: Das war die Kulturabgeordnete. Das glatte, gerade geschnittene Haar, der blasse Teint, der ihr einen vornehmen, fast japanischen Ausdruck verlieh … Als ich mich umwandte, bekam ich gerade noch mit, wie sie mit meinem Vater anstieß. Unsere Blicke begegneten sich.

Matteo stellte sich zu mir. «Die Tiergärten und Jahrmarktgeschichten finde ich eigentlich ganz witzig», sage er. «Irgendwie auch entwaffnend, vor allem, wenn man weiß, dass sie von einem Erwachsenen gemalt wurden. Noch dazu von so einem seriösen wie deinem Vater. Seine Porträts gefallen mir etwas weniger.»

Mit gedämpfter Stimme flüsterte er mir ins Ohr. «Die Geisha ist bestimmt sein ultimativer Versuch, es mit seiner Kunst in den Rathaussaal zu schaffen. Ohne das Dreifach-Porträt hätte er es wohl kaum weiter als in die Vorhalle gebracht.»

Wir mussten kichern.

Jemand sagte: «Gebt den beiden Turteltauben noch ein Glas!» Ich nahm meinen Mut zusammen und ging zu meinem Vater, um ihm zu gratulieren. Mit roten Wangen berichtete er, es seien schon vier seiner Werke verkauft worden. Für den Bruchteil einer Sekunde empfand ich Liebe für ihn, wie er so dastand wie ein verklemmtes Kind aus seinen eigenen Gemälden. Als der Ober vorbeikam, nahm ich ein volles Glas vom Tablett und reichte es ihm. Dabei spritzten mir ein paar Tropfen auf sein Jackett. «Entschuldige», sagte mein Vater leise. «Entschuldige.»

«Nein, ich muss mich entschuldigen», sagte ich. Er senkte den Blick, während ich mit einer Serviette sein Revers abtupfte.

Es kostete mich Überwindung, so nah bei ihm zu stehen. Ihm körperlich derart nahezukommen. Ich konnte sein Aftershave riechen, sah die Schatten seiner Bartstoppeln. Mir wurde übel.

Draußen war es eiskalt. Matteo begleitete mich bis zu unserem Haus, wo er sein Fahrrad abgestellt hatte. Mein Kopf war leer, in meinem Inneren rumorte es. An der Ecke zu unserer Straße erbrach ich mich in den Straßengraben.

«Tja», meinte Matteo, der geduldig abwartete, bis ich wieder festen Boden unter den Füßen spürte, «du trinkst das Zeug als wär's Limonade, aber es ist und bleibt Alkohol.»

Ich verriegelte meine Zimmertür, schlüpfte in meinen warmen Pyjama. Der Gummizug spannte um meine Hüften, weshalb fast ein neuer Schwall in mir hochgekommen wäre. Bibbernd kroch ich unter die Bettdecke und legte die Hände auf meinen Bauch. Da gab es nichts mehr zu leugnen. Doch allein der Gedanke daran erfüllte mich mit derartigem Entsetzen, dass ich ihn auf der Stelle wieder verdrängte. Das passierte ganz automatisch, und das mehrmals am Tag. Wissen – leugnen – wissen – leugnen.

Ich redete mir selbst ein, ich sei noch immer ein flachbäuchiges Mädchen mit ein wenig zu klein geratenen Brüsten und knochigen Hüften. Selbst halb nackt vor dem Spiegel stehend, vis-à-vis mit meinem immer fülliger werdenden Körper, konnte ich mir das vorgaukeln.

Auch an jenem Abend verleugnete ich wieder die Bewegungen und Geräusche in meinem Innersten und fiel wie ein Stein in den Schlaf. Am folgenden Tag lachte ich zusammen mit Matteo, dem ich Schuldgefühle über meine Entgleisung vortäuschte. Er versprach, in Zukunft darüber zu wachen, dass ich auf Empfängen nur noch Orangensaft trank oder Wasser.

Drei Wochen später, es war Weihnachten, saß die Geisha an unserem – von ihr – festlich gedeckten Tisch. Der

Baum stand in einer anderen Ecke des Wohnzimmers als sonst. Ich vermisste den vertrauten kitschigen Schmuck, entdeckte stattdessen Kugeln und Schleifen, die ich nie zuvor gesehen hatte.

«Ich habe nicht vor, deine Mutter zu ersetzen», sagte sie, während mein Vater das Messer nahm, um den Truthahn anzuschneiden. Will ich dir auch geraten haben, dachte ich. Ich hielt meinen Teller hin, bis zwei dicke Scheiben Geflügel darauf lagen. «Meine Tochter isst zurzeit wie ein Scheunendrescher», lachte Papa. Die Geisha nahm nur eine Miniportion, die sie so langsam aufaß, wie eine Schildkröte läuft.

Vor genau einem halben Jahr war Mama gestorben.

ZEHNTE STATION:
J. wird seiner Kleider beraubt.

Wenige Tage nachdem das neue Jahr begonnen hatte, zog Oma Gleis in ihr neues Zuhause. Es würde ihre letzte Station sein. Ich hatte ihr beim Auswählen der Gegenstände, die mitdurften, geholfen. Aus den tiefsten Winkeln der Schränke, geheimen Schubladen und verstaubten Koffern stieg meine Mutter in unbekannten Gestalten oder Erinnerungen empor. Fotos mit gezacktem Rand, Zeichnungen, ihre ersten Schuhe, zwei sich überraschend lebendig anfühlende Zöpfe in einem braunen Umschlag, Milchzähnchen in einer kleinen elfenbeinernen Dose.

Im einzigen Geschäft des Dorfs kaufte ich für Oma heimlich zwölf Feinrippschlüpfer und vier BHs, drei Flanellnachthemden und einen Stapel flauschiger Handtücher. In jeden der zehn nagelneuen pastellfarbenen Waschlappen stecke ich eine kleine Überraschung hinein: eine Rolle Pfefferminzbonbons, eine Minitube Handcreme, eine Hotelseife aus Mamas Kollektion. An jenem Tag, an dem sie für immer von ihrem vertrauten Haus voll schwarzer Löcher und Fallgruben Abschied nehmen musste, stromerte ich ziellos und allein durch die Stadt. Zu feige und zu verwundbar, um Zeuge ihres Schwanengesangs zu werden. Ich könnte es nicht mit ansehen, wie sie am Arm meines Vaters zum Wagen gelotst würde, wie sie, als letzten Gruß, die Augen suchend in Richtung der weißen Mauern ihres Hauses aufschlagen würde. Wie sie über glänzend gebohnerte Gänge von einer vergnügten Pflegerin zu ihrem neuen Nest geführt werden würde. Das schaffte ich nicht.

Ich war jedoch die Erste, die sie besuchte, nachdem sie sich eingerichtet hatte. Noch am selben Abend. «Es ist besser so, Kind», sagte sie tapfer, «auch wenn ich später einmal so richtig laut fluchen werde. Wo hängt jetzt bloß das Auge Gottes? Dann setze ich mich mit dem Rücken davor.»

Zwei silbrige Spuren liefen über ihre Wangen.

Das Haus an den Gleisen wurde nun mehr denn je zu meinem Zufluchtsort. Ich kochte auf dem altmodischen Gasherd, aß an dem kleinen Küchentisch von Omas angeschlagenen Tellern aus Delfter Porzellan und erledigte dort auch meine Hausaufgaben. In dem Zimmer, in dem ich schlief, wachte meine Mutter über mich. Mein Vater versuchte mich umzustimmen. Was würden nur die Leute denken, so ein junges Mädchen allein in einem halb leeren Haus? Doch die Geisha, die sich alle Mühe gab, mir keine Ersatzmutter zu sein und erst recht keine garstige Stiefmutter, meinte: «Lass sie nur! Sie ist erwachsener, als du denkst und kann für sich selbst entscheiden.» Sie sagte das über meinen Kopf hinweg, so als wäre ich nicht anwesend. Trotzdem war ich ihr dankbar dafür. Ich war viel erwachsener, als mein Vater dachte. Und viel einsamer.

In Omas Haus war Platz für meine verwirrten Gedanken und mein wachsendes Geheimnis. Dort fühlte ich mich sicher, unbeobachtet. Manchmal ging ich ziellos im Wohnzimmer umher, das kahler und leerer war als früher und von Heimweh durchdrungen. Oma hatte ihren Lehnstuhl sowie das hohe runde Beistelltischchen, aus unerfindlichen Gründen «der Teetisch» genannt, mitgenommen. Auf den Tapeten mit den französischen Lilien zeichneten sich hier und da bleiche Rechtecke ab. Gott sah mich nun nicht mehr, und das war gut so. Er wachte jetzt über Oma Gleis und konnte nun mit einem einzigen Blick ihr ganzes Territorium überschauen. Die Anzahl goldumränderter Gläser und Porzellantassen im Glasschrank hatte sich halbiert, aber immer wenn ein Zug vorbeidröhnte, war da dieses zittrige Klirren, das sich mit sanften Schüben unter meiner Haut fortsetzte.

Das Haus schloss sich Tag für Tag mehr wie ein Kokon um mich. Es wurde mein persönliches, streng von der Außenwelt abgeschirmtes Territorium, zu dem niemand Zugang erhielt. Noch nicht einmal Matteo. Was er akzeptierte, obwohl er sich einmal aus Spaß erkundigte, ob ich vielleicht einen heimlichen Liebhaber darin verbarg.

«Wer weiß, wer weiß?», speiste ich ihn ab.

Manchmal gab ich ihm Französischnachhilfe im Haus meines Vaters, das unter dem Einfluss der Geisha immer weniger mein Zuhause wurde. Sie achtete zwar darauf, mich nicht zu bemuttern, aber der Geist meiner Mutter wurde mit der Zeit immer dünner, durchsichtiger.

Matteo und ich saßen jedes Mal in der Küche, wo wir uns unterhielten oder schwiegen, je nachdem. Ich wärmte mich an seiner Gesellschaft. Er war mir ein echter Freund, einer, der keine Bedingungen oder Forderungen stellte.

Den Anspielungen meines Vater entnahm ich, dass er überzeugt war, ich würde «meinen Freund» insgeheim in Omas Haus empfangen. Er legte mir keine Steine in den Weg. Er sei schließlich auch mal jung gewesen. «Und manchmal bin ich es heute noch», sagte er, während er und die Geisha neckische Blicke austauschten. Wenn ich schon meinen Kopf durchsetzen wolle und lieber dort sei als hier, solle ich eben tun, was ich nicht lassen könne. Wer weiß, vielleicht war es für die Außenwelt gar nicht schlecht, dass Omas Haus bewohnt war. Oder zumindest den Anschein erweckte. Erst im nächsten Sommer würde es für den Verkauf hergerichtet werden.

Ich führte mein Doppelleben mit Verve. Tagsüber in der Schule, am Wochenende im Haus meines Vaters, ansonsten in Oma Gleis' Haus, das mehr auf mich achtgab als ich auf es. Die Kleidungsstücke meiner Mutter stapelte ich ordentlich in den leer geräumten Schränken. Meine eigenen Kleider legte ich in den Kabinenkoffer auf dem Treppenabsatz. Vorübergehend. Bis auf Weiteres. Nichts passte mir mehr, alles war zu eng: Reißverschlüsse platzten, Knöpfe sprangen ab – es klang wie die Töne einer Geige. Nur meine eigenen Socken und Schuhe trug ich noch. Und die Schals, von denen ich seinerzeit ein paar Dutzend besaß. Ich hüllte mich in Mamas weite selbst gestrickte

Pullover. In ihren Röcken und Hosen hatte mein Körper wieder Platz. Alles an mir war rundlicher, voller geworden, sogar meine Wangen. Wenn ich voller Entsetzen in den Spiegel von Omas Wäscheschank sah, blickte mir manchmal meine Mutter entgegen. Ich erkannte etwas von ihrer warmen Molligkeit wieder. Es war, als habe sie sich unter meiner straffen Haut eingenistet.

Meine Tante und eine Nachbarin schlugen in derselben Woche die Hand vor den Mund, als sie mich sahen.

«Ich dachte gerade wahrhaftig, deine Mutter stünde vor mir», sagte die eine, «Du bist in kurzer Zeit das genaue Ebenbild deiner Mutter geworden!» die andere. Dass sie sie sahen, anstatt mich, war meine Rettung. So stellte niemand unangenehme Fragen. Alle verstanden, dass ich Trost im Essen und Naschen suchte. Keiner wunderte sich darüber, dass ich die Kleider meiner Mutter trug, um die ich trauerte. Man hielt es für eine Phase meines Trauerprozesses. Der Kummer und der Schmerz um meinen Verlust würden allmählich nachlassen, behaupteten alle. Eines Tages würde mir das Leben wieder entgegenlachen. Und ich könnte aus vollem Herzen zurücklachen. Solche Vorhersagen bekam ich in allen möglichen Varianten mehrmals pro Woche zu hören.

An einem Samstag im sonst recht ereignislosen Januar radelte ich, wie üblich, zum Haus meines Vaters mit einer Tasche voller Schmutzwäsche. Während ich vor der Waschmaschine kniete, stand er auf einmal hinter mir. Ob wir kurz miteinander reden könnten? Mühsam richtete ich mich auf. Ich spürte seinen Blick über meinen Körper wandern. Hatte ich etwas zugenommen oder bildete er sich das nur ein? Jedenfalls sähe ich Mama von Tag zu Tag ähnlicher, vor allem, da ich jetzt so oft ihre Pullover trug. Ich wartete das einsetzende Brummen der Maschine ab, bevor ich ihm in die Küche folgte. Er war beim Friseur gewesen, das sah ich an seinem Hinterkopf. Auch sein Pullover, hellblau wie der Sommerhimmel, war neu. Ich kannte ihn bisher nur in Erdtönen und Tarnfarben. Er hatte gerade die Kaffeemaschine angemacht und bat mich, einen Augenblick Platz zu nehmen, als sei ich ein Gast.

«Der Mensch ist nicht zum Alleinsein geboren. Das weißt du ja inzwischen selbst», fiel er mit der Tür ins Haus. «Das gilt für einen Mann vermutlich sogar noch mehr als für eine Frau. Vielleicht findest du es ja zu früh, und es wird sicher Gerede geben, aber Ina und ich haben beschlossen zusammenzuziehen. Sie wird ab nächstem Monat ihr Appartement vermieten und hier einziehen.»

Eine ausgemachte Sache.

Die Geisha hieß also Ina. Auch wenn sie keine Ersatzmutter für mich sein wollte, nahm sie dennoch ihren Platz in dem Haus ein, in dem ich wohnte. Davor graute mir.

Ich sagte irgendwas wie «Oh» oder «Tja», so genau weiß ich das nicht mehr. Jedenfalls irgendetwas, das in einem Atemzug aus mir herauskam.

«Ist das alles?», wollte er wissen. «Freust du dich denn nicht für mich?»

«Ich freue mich sehr für dich», echote ich, als ich meine Sprache wiedergefunden hatte. «Ich bin froh, dass du wieder glücklich bist.»

Er strahlte richtig. Die Liebe hatte ihn noch blinder als Oma Gleis gemacht. Die Geisha hatte ihn aufgetaut. Er holte sein Portemonnaie hervor und legte ein paar Geldscheine auf den Tisch.

«Hier», sagte er, «kauf dir mal was Schönes zum Anziehen, etwas Modernes, statt immer mit dem abgetragenen Zeug deiner Mutter herumzulaufen. Wir werden demnächst Gäste zum Essen einladen, um die Wende in meinem Leben zu feiern. In unserem, meine ich natürlich.»

Die Wende in seinem Leben. Als ob hier Weltgeschichte geschrieben würde.

«Wer kommt denn? Bekomme ich etwa noch Stiefbrüder oder Halbschwestern dazu?»

Mein Vater grinste, was mich ebenfalls überraschte. Bisher kannte ich nur sein sparsames Lächeln, die Lippen zu einem strengen Strich geformt.

«Aber nein, wir laden bloß ein paar Freunde zu uns ein. Ina hat keine Kinder.» Er murmelte noch etwas über ihre biologische Uhr, aber ich schloss die Ohren.

«Tja, dann geh ich mal wieder», sagte ich, während ich die Geldscheine faltete und in meine Jackentasche steckte. Etwas Ordentliches zum Anziehen habe ich mir dafür nicht gekauft. Zur Feier der Wende – mit ihren Freunden, weil mein Vater überhaupt keine hatte – erschien ich in einem bunten Hippierock, darüber trug ich eine lila Häkelweste meiner Mutter. Die gepflegt gekleidete Gesellschaft, von der mir kein einziges Gesicht in Erinnerung geblieben ist, belächelte einhellig meinen Künstlergeschmack. Sie waren sich alle darin einig, dass ich in die Fußspuren meines Vaters treten würde. «Den Kunstmaler» nannten sie ihn! Und er strahlte. Seine Hand tanzte über den in Seide gehüllten Rücken der Geisha. Eines jedoch war mir völlig klar: In Sachen Kunst würde ich seinen Fußspuren tunlichst aus dem Weg gehen. Ich wollte meine eigenen hinterlassen.

ELFTE STATION:
J. wird ans Kreuz geschlagen.

Von den Monaten zwischen Weihnachten und Ostern erinnere ich mich vor allem an die Verzweiflung, die mir wie ein Schatten überallhin folgte. Zwischen mir und dem Rest der Welt entstand eine Kluft, die ich außerstande war zu überbrücken. Fast zehn Kilo hatte ich zugenommen. Dem Himmel sei Dank hatten sie sich gleichmäßig über meinen ganzen Körper verteilt. Ich aß kaum etwas, naschte nicht und trank ausschließlich Wasser oder Tee. Trotzdem unterstellte mir jeder, ich stopfe Schokolade und Gebäck in mich hinein als Trost für meinen Verlust. Manchmal fing ich Gesprächsfetzen auf, vor allem in der Schule: *Kein Wunder. Erst die eigene Mutter verlieren und dann gleich eine Stiefmutter bekommen. Sie lässt sich gehen. Ist einsam. Unverantwortlich. Total verständlich …*

Abends im Bett fuhr ich mit den Händen über den Fleischberg, zu dem ich geworden war, und teilte meinen Körper in imaginäre Zonen ein: ein bis zwei Kilo extra, gleichmäßig auf beide Brüste verteilt. Dasselbe bei meinen Hüften. Plus eineinhalb Kilo am Bauch. Ein knappes Pfund an Hals und Wangen. Der Rest saß in meinen angeschwollenen Fesseln und den gepolsterten Handrücken.

Tagsüber versteckte ich mich in den Pullis meiner Mutter, die ich über eine der beiden dunklen Jogginghosen trug, die ich mir von dem Geld meines Vaters gekauft hatte. Den Gummizug konnte ich bis über meinen überquellenden Bauch ziehen. In meinem Körper herrschte ständig Bewegung. Den ganzen Tag hindurch spürte ich winzige Explosionen in meinem Inneren. Es fühlte sich an, als liefen da Flüsse durch ihre Betten oder als zögen Unwetter auf. Manchmal verhärtete sich meine Bauchwand und eine kleine Bergspitze wölbte sich nach außen, um gleich darauf ebenso geheimnisvoll wieder zu versinken, wie sie aufgetaucht war.

Ich machte mir selbst weis, eines schönen Tages werde es einfach vorbei sein. Ich glaubte tatsächlich, ich bekäme meine Monatsblutungen wieder, würde eines Morgens einfach rank und schlank aufstehen und wieder geradeaus denken können, statt auf zwei Ebenen. Ich betrog mich selbst und die ganze Welt gleich mit. Manchmal nahm ich mir vor, zu einem Arzt zu gehen, einem anderen als unserem. Aber warum? Schließlich war ich nicht krank. Bloß dick. Und schlapp. Und verzweifelt.

Die Schule war eine Katastrophe. In meiner Bank hängend, schlug ich Bücher oder Mappen auf, notierte Hausaufgaben in meinen Kalender, die ich zu Hause nicht mehr begriff. Ich konnte mich auf nichts mehr konzentrieren: Jeder Gedanke, der in mir aufkeimte, führte schließlich immer an denselben Ort in meinem Inneren.

An den Turnstunden nahm ich nicht mehr teil, unter dem Vorwand, ich hätte wegen meiner Periode Rückenschmerzen. Letzteres war übrigens nicht gelogen. Umkleideräume gab es nicht, also zogen die Mädchen ihre

Sportkleidung in der Sporthalle an, die Jungen im Klassenzimmer. Ich wollte auf gar keinen Fall, schwerfällig wie ich war, noch einmal inmitten meiner Klassenkameradinnen mit ihren aufreizenden BHs und Höschen stehen müssen. Es sollte keiner die Gelegenheit bekommen, meine Fleischmassen genauer zu begaffen. Denn das taten sie, sogar dann noch, wenn ich meine Sporthose und das T-Shirt schon unter meinen normalen Kleidern angezogen hatte. Ich spürte ihre brennenden Blicke auf mir, hörte die unausgesprochenen Bemerkungen.

Der Sportlehrer verlangte ein ärztliches Attest, doch ich behauptete wochenlang, ich hätte es zu Hause vergessen. Schon wieder. Entschuldigung. Nächste Woche bringe ich es bestimmt mit. Frau Mortelmans, auch «Mops» genannt, begann, sich einzumischen. Sie bat mich um eine Unterredung in unserem leeren Klassenzimmer, von Frau zu Frau. Als sie mir die Hand auf die Schulter legte und leicht hineinkniff, brach ich beinahe in Tränen aus.

Sie fragte, ob es keine gute Idee sei, einmal mit jemandem über das zu reden, was mich bedrückte? Mit einem Psychologen. Oder vielleicht mit ihr? Denn meine Schulergebnisse hätten sich ziemlich verschlechtert. Ich gehörte nicht mehr richtig zur Klasse. Mein Engagement sei gleich null, obwohl sie wusste, wie intelligent und lerneifrig ich war. Und so weiter und so fort. Ich starrte nach draußen, bis sie zu Ende geredet hatte, unterdrückte meine Tränen und meinte nur, ich hätte eben momentan ein Tief. Wegen meiner Mutter. Ja, natürlich. Aber es hätte auch mit meiner Studienwahl zu tun. Mit der Zukunft. Ich wüsste nicht, was ich wolle, aber das würde ich schon noch herausfinden, versprach ich mit meinem breitesten Lächeln, während ich gleichzeitig den Bauch einzog. Ich wisse es zu schätzen, dass sie mir helfen wolle.

Während der Frühlingsferien übte ich mich im Unsichtbarmachen und sah kaum jemanden. Sogar Matteo verschwand irgendwie von der Bildfläche. Mit verträumtem Blick erzählte er mir, er habe sich in seinen Gitarrenlehrer verliebt, der zehn Jahre älter und gerade erst damit an die Öffentlichkeit gekommen sei. Sie wären wie füreinander geschaffen. Bald würde er mir seine große Liebe vorstellen. Er sei phantastisch. Er. Er. Er.

Matteo, mein sanftmütiger Freund. Ich vermisste ihn zwar, aber es passte mir eigentlich ganz gut, dass er sich nicht mehr allzu oft in meiner Nähe aufhielt.

Äußerlich ruhig, doch innerlich ratlos, spazierte ich oft die Bahnschienen hinter Omas Haus entlang. An den Böschungen wuchsen Mohnblumen und Margeriten. Die blühenden Gräser streichelten meine Waden. Überall um mich herum war surrendes und wuselndes Leben.

Wenn in der Ferne ein Zug auftauchte, dachte ich manchmal «Jetzt!». Manchmal schrie ich es sogar hinaus. Es konnte mich ja doch keiner hören. Jetzt! Das Wort drehte sich um seine Achse und platzte unter den Rädern auseinander. Ein rauschender Moment, und alles wäre vorbei. Ein Wimpernschlag, und ich würde – wie meine Mutter – aus dem Leben herauskatapultiert werden, hinein in die Ewigkeit. Wir würden einander wiederbegegnen, ich würde ihr endlich alles erzählen. Sie würde mir zuhören. Mich trösten. Nur ihr würde das gelingen.

Es blieb bei dem Gedanken. Jedes Mal stand ich totenstill da, während sich die monotone Kadenz des Zuges in meinem Körper fortsetzte.

Am Sonntag vor Ostern besuchte ich Oma Gleis in ihrem Heim. Sie sah aus, wie aus dem Ei gepellt. Ich vermisste beinah die Suppen- und Kaffeeflecken auf ihrer Bluse, die Kekskrümel auf ihren Füßen oder die Stofftaschentücher, die sonst wie Fähnchen aus ihrer Schürzentasche hingen. Sie trug eine blütenreine Bluse, deren Bändel unter dem Kinn zu einer Schleife gebunden waren, und einen dunkelgrünen Rock über einer glatten Nylonstrumpfhose. Ihre Haare hatten jetzt einen leicht lila Schimmer.

«Kind, du kommst ja wie gerufen!», sagte sie, noch bevor ich einen Ton hatte sagen können. Sie erkannte mich an meiner zögerlichen Art anzuklopfen und die Türe aufzudrücken. Niemand schlich sich ihrer Meinung nach derart bescheiden in einen Raum wie ihre einzige Enkelin. «Auf der Fensterbank liegt ein Palmzweig, der gerade erst geweiht wurde. Sei doch so lieb und steck ihn eben hinter das Jesuskreuz. Heute ist schließlich Palmsonntag.»

Nachdem ich die Schuhe von den Füßen gekickt hatte, stieg ich auf einen Stuhl, um den Zweig hinter den Rücken des metallenen Christus zu stecken, der oberhalb des Türrahmens hing. Ich überlegte, welchen Unterschied es wohl machte, wenn Oma in einer leeren weißen Zelle anstatt in diesem Raum voll vertrauter Gegenstände aus ihrem alten Haus säße.

«Dein Vater war heute Morgen hier. Mit seiner neuen Errungenschaft», sagte sie abfällig. «Sie hatte selbst gebackenen Rührkuchen dabei. Ich habe ein Stückchen davon für dich aufgehoben.»

Auf dem Tisch stand eine mit Wasser gefüllte Flasche, in der ein noch blattloser Zweig einer Schlangenweide steckte. Daran hing an einem gelben Bändchen ein Ei, das etwas größer war als ein durchschnittliches Hühnerei. Sanft schwang es hin und her, als ich dagegen blies. Es waren Geigen mit lachenden Gesichtern daraufgemalt.

Während ich die blauweißen Tassen abstellte, dieselben, aus denen ich in ihrem Haus trank, weil wir das Service ehrlich in zwei Hälften geteilt hatten, meinte Oma: «Tu mir bitte den Gefallen und nimm später dieses selbst gebastelte Ding mit, ja? Hier im Zimmer stört es nur. Wenn ich es umstoße, wird die ganze Decke nass. Was soll ein alter Mensch wie ich überhaupt mit so einem ausgeblasenen Ei? Es kann bloß zerbrechen …»

War da ein Hauch Bitterkeit in ihrer Stimme? Aber dann sagte sie kichernd: «Sie meinen es natürlich gut, aber ich hätte lieber ein Schokoladenei gehabt, statt ein angemaltes, das ich ja doch nicht sehen kann.»

«Voilà!», sagte ich, indem ich ihr die goldene Schachtel auf den Schoß stellte, die ich mitgebracht hatte. «Ihr Wunsch ist mein Befehl!»

Dann aßen wir zusammen alle Bonbons auf, bis auf drei, die ich ihr daließ. Ein Stündchen später fuhr ich mit dem Rad nach Hause, das zerbrechliche Gänseei in der kleinen goldenen Schachtel, gestützt von ein paar zerknüllten Papiertaschentüchern. Den Weidenzweig hielt ich wie eine Trophäe in der Hand. In Omas Küche steckte ich ihn in eine leere Colaflasche und hing das Ei am Bändel daran auf. Es lebe die Gemütlichkeit, sagte ich zu mir und zu den grinsenden Geigengesichtern.

ZWÖLFTE STATION:

J. stirbt am Kreuz.

Die Schüler des Abiturjahrgangs schlurften pflichtgemäß und mit dem entsprechenden Gesichtsausdruck durch die alte Schulkapelle. Nach dem gemeinsamen Kreuzweggebet würden die Osterferien beginnen: vierzehn Stationen, vierzehn düstere Gemälde, die die verschiedenen Stationen des Leidenswegs Christi darstellten. Die fünfzehnte, die Wiederauferstehung, habe man erst später hinzugefügt, erklärte uns der Schuldirektor, weshalb sie auch in besonders alten Kirchen noch nicht abgebildet sei. All das ging an mir vorbei, trotzdem war mir, als dringe die Bedeutung meines persönlichen Leids mit jeder Station tiefer zu mir durch.

Ich watete durch den luftleeren Raum und fühlte mich elend. Die Steinplatten in der Kapelle wellten sich unter meinen Schritten. Unter meiner Bauchdecke war Bewegung. *«Sechste Station: Veronika reicht Jesus das Schweißtuch»*, hallte es durch den Raum. Hinter dem Rücken des Rektors sah ich, wie manche meiner Klassenkameraden mit den Augen rollten. Ein Mädchen holte ein Taschentuch hervor, mit dem sie sich übertrieben die Stirn tupfte. Ich bekam einen Schweißausbruch. Meine Beine begannen zu schwanken, ich brauchte etwas zum Hinsetzen.

«Alles in Ordnung mit dir? Du bist so bleich.»

Matteo stand neben mir.

 «Ist vielleicht die Magen-Darm-Grippe …», flüsterte ich und schleppte mich zur nächsten Station.

«Jesus wird seiner Kleider beraubt und mit Galle gelabt.»

Ich musste schlucken. Mein Mund war wie ausgetrocknet. Noch vier Bilder.

Ich schaffte es. Nachdem *«Josef von Arimathäa den Leichnam Jesu in reines Linnen gewickelt und in das Grab gelegt hatte, das er selbst aus einem Felsen gehauen hatte»*, hoffte ich auf ein Wunder, das das Unausweichliche doch noch verhindern würde. Ich hoffte es inständig und mit aller Kraft.

Ich würde die Augen öffnen und stünde einfach wieder in meinem alten Rock und meiner Bluse in der muffigen Kapelle. Beschwingt würde ich nach draußen gehen und vom Sonnenlicht überflutet werden. Mit einem Lied auf den Lippen würde ich nach Hause radeln, wo meine Mutter in der Küche herumhantierte. Alle Augen auf ihrem Rücken würden mir entgegenlachen. Ich wäre einfach ihr Kind, und das meines Vaters.

Doch das Wunder blieb aus. Als ich draußen inmitten meiner quasselnden Klassenkameraden stand – am Karfreitag um Viertel nach drei –, fühlte ich mich immer noch schwerfällig und schlecht, war ich noch immer siebzehn und ratlos.

«Allen schöne Ferien!», rief ich möglichst aufgeweckt und strampelte mit dem Rad zu Omas Haus. Ruhe wollte ich, alleine sein. Meine Befürchtungen, so gut es ging, verscheuchen.

Als ich Wasser aufsetzte, weil ich in der kleinen Küche einen Tee trinken wollte, bemerkte ich, dass der Weidenzweig schon Wurzeln gezogen hatte. Auf dem Flaschenboden hatte sich inzwischen ein richtiges Nest weißer Würmchen gebildet. Während ich mir die Geigengesichter auf dem Ei, das ich in meiner Handfläche hielt, genauer ansah, stieß mir jemand wie aus dem Nichts ein scharfes Messer in den Unterleib. Die Schale zerbrach in lauter kleine Scherben, die an meinen Fingerspitzen haften blieben. Ich spürte, wie eine laue Flüssigkeit meine Oberschenkel hinabrann, bis in meine Socken hinein. Um meine Füße herum bildete sich eine kleine Lache. Bevor ich nach oben ging, wischte ich alles ordentlich auf.

Ahnungsvoll legte ich mich in meinem Muttermuseum aufs Bett, darauf wartend, was als Nächstes geschehen würde. Ich flehte Mama an, mich nicht im Stich zu lassen. Dieses Mal nicht. Dann schlief ich ein, in der Hoffnung, nie mehr aufzuwachen.

Der reißende Schmerz und das beruhigende Geräusch der nächtlichen Züge flossen zu einem unauflösbaren Ganzen zusammen. Fern, näher. Die Eisenräder fuhren über mich hinweg. Durch mich hindurch. Ich wurde regelrecht gerädert. Zug um Zug. Schmerz um Schmerz. Das eine ergänzte das andere, bis es miteinander verschmolz. Wieder anschwoll. Wieder abnahm. Ein Heranbrausen und in der Ferne Verlöschen.

 Es war bereits nach Mitternacht, als mein Körper sich zu spalten schien und ich ins Badezimmer stolperte. Ich ließ die Wanne halb volllaufen. Zog meine Kleider aus. Nahm Omas Frisierschere aus dem Schrank. Mein Bauch lebte, bewegte sich. Meine Haare, die mir in feuchten Strähnen auf der Stirn und im Nacken klebten, band ich mit einem Gummi zusammen. Ich legte ein paar alte Handtücher zurecht, entdeckte dabei ein flauschiges weißes Badetuch unten im Stapel. Das legte ich beiseite. Das warme Wasser schloss sich um meine brennenden Glieder, ließ mich den Schmerz für einen Moment vergessen. Nur ganz kurz. Bis die nächste Welle anrollte.

Ich stemmte die Füße fest gegen den Badewannenrand. Hielt den Atem an, bis es nicht mehr ging. Dann presste ich mit zwei, drei Schüben das Kind aus mir heraus. Die flatternden Arme verursachten einen Sturm in dem rot gefärbten Badewasser. Fingerchen schlossen sich gierig um meinen Zeigefinger, auf der Suche nach Halt. Wie ein nach Luft schnappender Fisch landete es auf meiner Brust. Durch meine Tränen hindurch sah ich, es war ein Junge. Mein Junge. Ich streichelte seinen zarten Rücken, fuhr über seinen dunklen Haarflaum.

Es war vollbracht.

Dass das Durchtrennen der bläulichen Nabelschnur nicht wehtat, wunderte mich. Dass eine Weile später noch ein großer blutiger Batzen aus meinem Körper glitt, ebenso. Aber es hielt mich nicht davon ab, zu tun, was getan werden musste. Mit zittrigen Beinen stieg ich aus der Wanne, das Kind fest an meine Brust gedrückt. Ich tupfte es mit einem von Omas uralten Handtüchern trocken, wickelte es anschließend in das flauschige Badetuch. *Reines Linnen.* Aus einer Packung, die seit Monaten ungeöffnet im Schrank gelegen hatte, schnappte ich mir eine Monatsbinde. Endlich.

Erschöpft streckte ich mich auf meinem Bett aus. Das Kind roch nach frischem Brot und warmem Gras. Es atmete. Es lebte.

Ein paar Stunden später wurde ich von einem Schmatzen geweckt, das von meiner Brust herkam. Neue Schmerzensschübe schossen durch meinen erhitzten Körper. Es war halb vier. Von draußen drang das unaufhörliche Kedeng-Kedeng eines Güterzugs herein. Ich betrachtete das ernste Gesichtchen, die geschlossenen Lider, die wie milchweiße Muschelschalen aussahen. Manchmal sehe ich dieses Bild noch heute wieder vor mir, es stammt aus den Tiefen meiner traurigsten Träume.

Es muss sein, schärfte ich mir ein. Jetzt. Bevor es draußen hell wird. Reiß dich zusammen. Sei tapfer. Danach kannst du dich ausruhen, alles vergessen.

Ich stand auf, zog meine Kleider über mein Nachhemd an. Sämtliche Muskeln taten weh. Mein Körper war erschöpft und leer. Aber es musste sein.

DREIZEHNTE STATION:
J. wird vom Kreuz genommen.

Draußen war es totenstill. Ich schnallte den Karton, in dem ich vor wenigen Tagen meine Einkäufe transportiert hatte, fest auf meinen Gepäckträger. Vorsichtig stieg ich auf mein Rad, verbiss dabei die Schmerzen. Bei jedem Tritt in die Pedale kullerte ein Stein in meinem Bauch hin und her. Während ich an den Gleisen entlangfuhr, schmeckte ich meinen gehetzten Atem und hörte das Schmatzen der Fahrradreifen auf dem Weg. Ich roch meinen Schweiß – eine Mischung aus Todesangst und Scham –, der aus der Kragenöffnung meiner Jacke emporströmte. Mamas Jacke. Es war fast Vollmond.

Beim Bahnhof war kein Mensch zu sehen. Für den ersten Personenzug war es noch viel zu früh. Mein Rad stellte ich an der Weißdornhecke ab. Den Karton fest an die Brust gedrückt, lief ich um sie herum und kam so geradewegs auf den Bahnsteig. Ich schlich mich bis zur Bank am Bahnhofsgebäude. Im Stellwerk weiter oben brannte ein schwaches gelbliches Licht.

Kurz ließ ich meine Hand noch in den Karton gleiten, nachdem ich ihn genau in der Mitte auf der Bank abgestellt hatte. Sanft streichelte ich mit den Fingerkuppen über die samtige Stirn. Mein Herz zerbrach. In tausend kleine Stücke.

Dann hatte ich einen Filmriss. Wie ich nach Hause gekommen bin, weiß ich nicht mehr. Ich konnte erst wieder normal atmen, als ich mitsamt den Kleidern unter die Decke kroch, wo es noch nach frischem Brot und warmem Gras duftete.

Ich schlief bis zum nächsten Mittag. Traumlos. Von allem entbunden. Verlassen.

Ich nahm mir vor, weder in die Zukunft noch hinter mich zu schauen. Das war die einzige Überlebensstrategie. Angestrengt horchte ich auf die Impulse und Bedürfnisse des Augenblicks. Hunger hatte ich. Mir knurrte der Magen, als ich um die Mittagszeit von feierlichem Geläut geweckt wurde: die Glocken von Rom. Es war Ostersamstag.

Doch zuerst wollte ich den tierischen Geruch, der mich umgab, von mir abspülen.

Ich blickte auf das blutige Wasser in der Badewanne, schmiss ein zerschlissenes Handtuch über den von Adern durchzogenen Klumpen und stopfte alles in einen schwarzen Plastiksack. Anschließend schrubbte ich das Bad und ließ es mit hellem, warmem Wasser volllaufen. Mein gepeinigter, kaum geschrumpfter Körper sank unter die Oberfläche. Ich sah das schlaffe Fleisch meines Bauches, meine marmorierten Brüste mit den dunklen Warzen, die sich ausgedehnt hatten. Bewusst verdrängte ich jeden Gedanken an meinen kleinen Schwimmer in dem geheimen Meer. Ich konzentrierte mich auf mein Hungergefühl, stemmte mich aus der Wanne und zog mich an.

In der Küche verschlang ich zwei doppelte Brote mit

 Käse. Gefolgt von einer Banane und einem Apfel. Ich trank eine ganze Kanne Tee aus. Die Strickjacke hing über einem Stuhl. Ich nahm sie in die Hände, knetete die Wolle, roch kurz daran. Sofort zeichneten sich zwei bizarre Flecken auf meinem T-Shirt ab: Muttermilch. Da klingelte es an der Tür. Rasch warf ich mir die Jacke über, knöpfte sie bis oben hin zu.

Es war Matteo.

«Ich weiß ja, dass du hier nicht gestört werden willst», sagte er, während er hinter mir her durch den schmalen Hausflur ging, «aber du hast gestern dermaßen schlecht ausgesehen. Deshalb wollte ich mal nach dir sehen, bevor ich aufbreche. Ich gehe ein paar Tage segeln. Das heißt, wir gehen segeln. Wir.»

Es sah mich forschend an.

«Wie das blühende Leben siehst du übrigens immer noch nicht aus. Soll ich vielleicht einen Arzt rufen? Oder deinen Vater bitten, dich abzuholen? Ist dir denn so kalt?»

Ich antwortete Ja, Nein, Ja. Hielt den Kragen der Jacke fest um meinen Hals geschlossen. «Einen Arzt? Was sollte der denn für mich tun können? Und meinen Vater? Nein, mir wird schon bei dem Gedanken schlecht, ein Stück mit dem Auto fahren zu müssen. Ich habe einfach eine Magen-Darm-Grippe und bin müde. Todmüde. Das geht von selbst wieder vorbei. Ich bin gestern um acht Uhr schlafen gegangen und erst vor einer halben Stunde aufgewacht. Übrigens habe ich schon wieder Appetit.»

Um meinen Worten Kraft zu verleihen, schmierte ich noch ein Butterbrot, das ich mir mit Matteo teilte. Mein

Rücken war schweißnass, das Herz schlug mir bis zum Hals.

«Willst du denn das ganze Wochenende hier allein herumzusitzen?», erkundigte er sich.

«Ach was», log ich. «Heute Mittag gehe ich kurz mit einer Freundin in die Stadt, wenn ich mich bis dahin besser fühle, und morgen werde ich bei meinem Vater und seiner Geisha Ostereier suchen.»

«Weißt du, was ich heute Morgen beim Bäcker gehört habe?» Er stand schon wieder im Flur. «Dass sie ein Baby gefunden haben, auf dem Bahnhof. Einen Findling in einem Margarinekarton. Meine Mutter kam auch schon mit der Story nach Hause. Sie hatte es im Supermarkt aufgeschnappt. Wer tut so was bloß?»

Ich spürte, wie jetzt auch die Jacke feucht wurde. «Ein lebendiges Baby?», fragte ich leise.

«Das nehme ich doch an …», sagte Matteo. «Alle reden von einem Findling. Das klingt doch lebend, oder? Sonst würden sie ja von einer Babyleiche sprechen.»

Mir schauderte. «Meinst du, es steht etwas darüber in der Zeitung?»

«Glaube ich nicht», sagte er, «soweit ich weiß, haben sie das Kind erst gefunden, nachdem die Zeitung längst gedruckt war.»

Um fünf vor eins verschwand er winkend aus meinem Blickfeld. Ich schaltete Omas kleines Transistorradio an und legte mich auf die Couch, gerade rechtzeitig für die Nachrichten.

«Im Bahnhof von E. entdeckte der Bahnhofsvorsteher heute früh einen Karton, in dem sich ein Baby männlichen Geschlechts befand. Der Junge, der bei guter Gesundheit ist, war höchstens zwei Tage alt und in ein weißes Handtuch mit den blauen Initialen des St.-Josef-Krankenhauses von A. gewickelt. Aktuell werden alle Frauen verhört, die dort vor Kurzem entbunden haben. Jeder, der sachdienliche Hinweise erbringen kann, die zum Auffinden der Eltern führen können, wird gebeten …»

Letztes Jahr hatte Oma ein paar Tage lang im St.-Josef-Krankenhaus gelegen, wegen eines Eingriffes an ihren Augen. Mein Vater hatte sie dort abgeholt und nach Hause gefahren. Sie muss damals anscheinend so ein kuscheliges Krankenhaushandtuch in ihre Tasche gesteckt haben.

Um die Mittagszeit schreckte ich aus einem tiefen Schlaf hoch. Das Telefon. Die Geisha war dran. Ob ich morgen zum Essen käme? «Dein Vater und ich rechnen mit dir, es ist doch Ostern.»

Für eine Stiefmutter klang sie äußerst freundlich.

«In Ordnung. Ich wollte euch gerade selbst anrufen», antwortete ich. «Bin aber noch nicht dazu gekommen. Ich habe viel zu tun, außerdem glaube ich, hat mich eine Magen-Darm-Grippe erwischt.»

«Die geht im Augenblick ziemlich um», meinte sie, «bei meiner Arbeit gab es auch ein paar Kranke.»

Wir verabredeten uns für den Mittag.

In den Abendnachrichten berichtete die Fernsehsprecherin, im Falle des Findlings habe noch keine Spur zum Täter führen können. Der kleine Junge sei in guter gesundheitlicher Verfassung und augenblicklich in der Kinderabteilung in einem Krankenhaus untergebracht. Man hatte ihm einen Namen gegeben: Jasper, nach dem Bahnhofsvorsteher Theo Jespers, der das Kind gefunden hatte. Einen Nachnamen würde es erst bekommen, wenn die Täter nicht gefunden würden.

Es folgte ein Kurzinterview mit einem schnurrbärtigen Mann auf dem Bahnsteig. Er deutete auf die Bank, wo er um halb sechs, zu Beginn seiner Schicht, den Karton hatte stehen sehen. «Ich dachte gleich, da hat jemand was vergessen. Und da hörte ich ein Kind weinen.» Er lüftete kurz seine Kappe und wiederholte: «Und da hörte ich ein Kind weinen. Ein Baby. Das Geräusch kam aus dem Karton …»

Dann wurden die ineinander verschlungenen Buchstaben S und J im Close-up gezeigt. Anschließend der Karton: zwölf Päckchen Margarine. Streichzart bis zum Schluss, las ich da.

Ich schaltete das Gerät aus. Das hatte nichts mit mir zu tun.

Frische Luft war, was ich jetzt brauchte. Ich ging nach draußen und streifte ein wenig in Omas verwildertem Garten umher. Auf dem Rasen kickte ich meine Slipper fort und spürte, wie das hochgewachsene Gras in meine Fußsohlen pikste. Die Kühle der Erde kroch in meinen fiebrigen Körper, es wirkte beruhigend. Die Frühlingsgerüche setzten irgendetwas in mir frei. Also war ich doch nicht tot.

Ich holte einmal tief Luft und breitete meine Arme zu Flügeln aus. Aus meinem tiefsten Inneren stieg ein Urschrei empor: Jasper! Wie eine Kugel schoss sein Name aus mir heraus, rotierte durch die Luft, um sich dann im Getöse eines vorbeirasenden Zuges zu verlieren.

In der Nähe des Komposthaufens wucherten große Brennnesseln, von denen Oma Gleis früher mit bloßen Händen die jungen Spitzen abgepflückt hatte, um daraus Suppe zu machen. Gleich daneben hatte mein Vater regelmäßig eine Schicht Gartenerde ausgehoben, um sie mit dem Kompost zu vermischen. So war eine kleine Kuhle entstanden.

Spontan holte ich den schwarzen Plastiksack aus der Mülltonne und ließ den Inhalt dort hineingleiten. Der lila Fleischklumpen klatschte mit einem dumpfen Geräusch auf die ausgegrabene Stelle, wo er noch ein wenig wabbelte. Als sei darin noch ein Rest Leben. Mit einer kleinen Gartenschaufel warf ich Erde darauf. Dann holte ich den Zweig mit seinen vielen kleinen weißen Wurzeln aus der Küche und pflanzte ihn in den lockeren Boden. Es war, als grübe ich mein eigenes Grab.

Erst viele Jahre später sah ich den Baum, gewachsen auf meinem Fleisch, genährt von meinem Blut. Ein dicker, leicht vornübergeneigter Stamm verzweigte sich in schnörkelige Ausläufer, an denen Tausende kleiner Blätter tanzten und raschelten.

VIERZEHNTE STATION:
J.s Leichnam wird ins Grab gelegt.

Schon während des folgenden Sommers zeigte sich, dass der Weidenzweig, mein stummer Zeuge, es überlebt hatte. Zögerlich sprossen überall hellgrüne Blättchen hervor, die sich wie Glühwürmchen vor dem Dunkelgrün der Brennnesseln abhoben.

Jener Teil von mir, den ich abgespalten hatte, das heißt der, der leben und vergessen wollte, schleppte sich am Ostersonntag zum Haus meines Vaters.

Die Geisha wartete bereits am gedeckten Tisch. Sie trug ein dunkles Leinenkleid, um die Taille einen grellfarbenen Gürtel. Die Sonne spielte auf ihrem rabenschwarzen glänzenden Haar. Sie sah heute noch japanischer, noch perfekter aus als sonst. Ich selbst hatte einen Rock meiner Mutter angezogen, darüber trug ich einen ihrer Strickpullis über einem weiten viereckigen T-Shirt. In beide Körbchen meines BHs hatte ich Papiertaschentücher gesteckt.

Sie musterte mich aufmerksam von Kopf bis Fuß.

«Du siehst ja miserabel aus», sagte sie.

Ich konnte ihr nur beipflichten.

«Magen-Darm-Grippe eben», sagte ich also noch einmal.

«Die geht um, stimmt. Anscheinend hat's dich ganz schön erwischt, ich habe nämlich deinen Freund im Einkaufszentrum getroffen, der mir erzählt hat, dass du es am

Karfreitag kaum bis zum Ende des Kreuzwegs geschafft hast. Ich musste wirklich an mich halten, um nicht zu dir zu gehen. Ich hätte dich gerne hier, in deinem eigenen Zimmer in dein eigenes, frisch bezogenes Bett gesteckt und gesund gepflegt. Schade, dass du manchmal so ein Sturkopf sein kannst.»

Stur! Als ob ich ein Esel sei.

«Ich bin eben am liebsten allein, wenn ich krank bin», sagte ich pikiert. «Du brauchst dir keine Sorgen machen. Es geht mir schon wieder viel besser, auch wenn ich ein paar Kilo verloren habe. Ich habe in den letzten Tagen kaum etwas gegessen. Aber literweise Tee und Wasser getrunken.»

«Ach Mädchen …», sagte sie, während sie mir die Hand auf die Stirn legte, um zu fühlen, ob ich Fieber hätte. Meine Taschentücher wurden feucht. Ich schüttelte ihre Hand von mir ab und ging auf meinen Vater zu, der mit einer Kiste voll neuer Meisterwerke ins Zimmer kam. Er stellte die Tafeln, so groß wie Ansichtskarten, auf den Geschirrschrank. Erklärte mir, sie würden ein Ganzes bilden, seien aber untereinander austauschbar. Wie ein Zauberkünstler demonstrierte er, wie sich die lange gedeckte Festtafel über sieben Gemälde hinweg erstreckte. Es war also egal, ob sich die Rosinenplätzchen, doppelt gedeckten Torten und die mit Obst gefüllten Hörner des Überflusses hier oder dort befanden. Ob die kleinen Mädchen in den Sommerkleidchen oder die Jungen im Matrosenanzug links oder rechts auf dem Bild stünden. Die Geisha blickte gerührt von ihm zu seiner Komposition und verschob die sieben Bilder so, dass jeweils ein paar Zentimeter dazwischen lagen. «Mit ein wenig Abstand kommen sie besser zur Geltung», fand sie.

Mir wurde fast übel, als ich sie und meinen Vater wie kleine Kinder puzzeln sah, ganz ineinander und in ihr Spielzeug vertieft. Mein leerer Bauch füllte sich mit Wut. Ich hätte ihn gerne verprügelt, ihn angeschrien, dass es mich nicht interessiere, wo das verdammte Gebäck oder die rosafarbenen Prinzessinnen standen. Dass ich weiß Gott andere Sorgen habe. Und er, der Herr Rektor, der in seiner Freizeit Hobbymaler war, ebenfalls – auch wenn er davon nicht die leiseste Ahnung hatte.

Aber ich tat es nicht. Holte ein paarmal tief Luft und hielt den Mund. Sagte stattdessen, ich fühle mich noch immer schlapp, als ich mich in einen der Ledersessel sinken ließ und mir den Schweiß von der Stirn wischte.

Nachdem ich mich wieder einigermaßen im Griff hatte, spielte ich ein anderes Spiel mit den beiden mit: Ich machte mich auf die Suche nach den Ostereiern, die mein Vater zuvor im Garten versteckt hatte. Eine Familientradition, nannte er es voll Freude. Bibbernd sah uns die Geisha dabei von der Terrasse aus zu. Es war doch noch recht frisch für diese Jahreszeit.

Beim Aufsammeln der in buntes Silberpapier gewickelten Eier dachte ich an die Naschabende in meinem Kämmerchen, zum Trost für die Dienstagabende zu Hause, denen ich hatte entfliehen wollen. Seitdem war erst ein Jahr vergangen, doch die Welt war inzwischen aus den Fugen geraten.

Zum ersten Mal im Leben aß ich Räucherlachs. Das Glas Weißwein verursachte einen angenehmen Rausch. Ich fühlte mich wie unter einer Käseglocke, konnte alle sehen und hören und war doch unantastbar.

Nach dem Essen hatte ich Heißhunger auf etwas Süßes. Ich zog den Korb voll Ostereier zu mir her, doch die Geisha verbot mir, Schokolade zu essen. Viel zu schwer für meinen überstrapazierten Magen, fand sie, das gäbe nur Probleme. Ich ließ eine Handvoll Eier in meiner Tasche verschwinden und beschloss, sie am Abend im Bett aufzuessen. Wie damals im Internat.

Um meinen Vater zu provozieren, fragte ich ihn, wieso er immer so mickrige Bilder malte. Ich hatte einfach das Bedürfnis, ihm wehzutun. Es würde in keinem Verhältnis zu meinem Schmerz stehen, ich empfand es aber als kleine Genugtuung, etwas Herablassendes zu ihm sagen zu können. Er ging jedoch ganz seriös auf meine Frage ein, als würde man ihn für die Zeitung interviewen.

«Das Großformat liegt mir nicht. Ich bin eben ein Mann der Details, der verhaltenen Gefühle. Ein Perfektionist», sagte er.

Wie ich ihn hasste, diesen Amateur! Mann der Details …

In seinem Atelier stünden noch ein paar große Leinwände, erzählte er, denn früher habe er das Großformat schon einmal ausprobiert. Ob ich sie vielleicht haben wolle? Dazu eine Schachtel mit Ölfarben und dicke Pinsel?

«Ja», sagte ich, ohne zu zögern. «Gern. Aber jetzt möchte ich nach Hause.»

Er bot mir an, mich mit dem Wagen zu bringen, dann könnten wir die Leinwände und die Malkiste gleich mitnehmen.

Er wolle aber gern erst die Nachrichten sehen. Das taten wir dann, zu dritt nebeneinander auf der Couch.

Papst Paul VI. bedankte sich in vielen Sprachen herzlich bei seinen Anhängern für die Blumen, es wurden zerknautschte Autos gezeigt und die Zahl der Verkehrstoten genannt. Und es gab noch keine einzige Spur, die möglicherweise zur Identität des Findlings von E. führen könnte oder der der Eltern oder Täter. Das Kind befand sich noch immer zur Überwachung im Krankenhaus. Inzwischen hatte es einen Nachnamen bekommen. Den Namen unseres Dorfes, seines Fundorts. Nächste Woche würde man einen Vormund für Jasper aus E. bestimmen. Jeder, der sachdienliche Hinweise erbringen könne …

Das Wetter blieb vorläufig mild und trocken, doch ab Dienstag müsse mit Nieselregen und sinkenden Temperaturen gerechnet werden. Ich bekam am ganzen Leib Gänsehaut.

«Was ist nur mit der Welt los?», fragte sich die Geisha kopfschüttelnd. «Wer legt bloß mitten in der Nacht ein Kind auf einem Bahnhof ab? Noch dazu in einem Karton? Wer tut so was?»

«Ich will jetzt nach Hause, sofort», sagte ich.

«Du bist zu Hause», antwortete mein Vater, holte aber dennoch die Leinwände und Malsachen aus dem Keller und trug alles zum Auto. Nach einer schweigsamen Fahrt hielten wir vor Omas Tür.

«Schaffst du's?», erkundigte er sich.

Ich wollte unter keinen Umständen, dass er mit ins Haus kam, solange mein Geheimnis darin herumgeisterte. Wollte nicht mit ihm in einem geschlossenen Raum alleine sein. Nicht hier und auch sonst nirgendwo. Als ob er Gedanken lesen könnte, meinte er, ich dürfe noch bis zu den großen Ferien über meinen Zufluchtsort verfügen, danach würde das Haus allerdings für den anschließenden Verkauf hergerichtet werden. Ich müsse mich also langsam darauf einstellen, ab diesem Zeitpunkt wieder auf Dauer zu Hause zu wohnen. Aber das würde bestimmt kein Problem sein, nahm er an. Wir drei verstünden uns doch gut miteinander, nicht wahr? Es sei doch wieder Ruhe im Haus eingekehrt, oder etwa nicht?

Es ist wieder Ruhe eingekehrt, das war sein Wortlaut. Und dass ich gut auf mich achtgeben müsse.

Nachts träumte ich, ich führe schnaufend neben den Gleisen entlang. Auf dem Gepäckträger saß ein kleiner Junge, die Beine weit von sich gestreckt, mit einem Karohemd und dunklen Löckchen. Seine nackten Füße tauchten links und rechts in meinen Augenwinkeln auf.

Er sang mit der Stimme eines erwachsenen Mannes. Ich erkannte das *Stabat Mater* von Pergolesi, aber das Singen hörte abrupt auf, als ich das Kind auf die Holzbank setzte und davonrannte. Am Ende des Bahngleises drehte ich mich um. Da sah ich, wie ein schnurrbärtiger Bahnhofsvorsteher den Jungen hochhob und unsanft in einen Güterwaggon schob. Ein Viehwagen war es, wie ich sie in Kriegsfilmen gesehen hatte. Ich hörte, wie die Tür zugeschoben und verriegelt wurde, wie das Singen zögerlich wieder begann. Ein suchendes Händchen lugte zwischen einem Bretterspalt hervor …

Mein Mund war wie ausgetrocknet, als ich aus meinem Traum aufschreckte. Es war vier Uhr, und ich wagte es nicht, mich noch einmal dem Schlaf hinzugeben. Also stand ich auf und ging nach unten.

Ich stellte eine der Leinwände auf die Anrichte in der Küche. Drückte mehrere Häufchen Ölfarbe aus den Tuben auf ein Frühstücksbrett. Die Pinsel legte ich fein säuberlich nebeneinander. Dann schlüpfte ich in eine geblümte Kittelschürze meiner Oma, die im Besenschrank hängen geblieben war. Sie war mir viel zu eng. Also drehte ich sie um, ließ die Knöpfe auf dem Rücken einfach offen. Wie eine Besessene, von einer unheilvollen Stille umgeben, habe ich in jener Nacht mein erstes Gemälde gemalt. Ich besitze es noch heute.

In grellen, unverfälschten Farben ließ ich meine Dämonen auf die Leinwand los: Krapplack. Permanentrot. Van-Dijk-Braun. Gebrannte Siena. Sepia. Karmesinrot. Purpurrotes Alizarin. Zinnober. Siena natur. In dicken Schichten, einander überlagernd, sich beißend oder vermengend, schmelzend oder verdampfend. Mein zerrissener Körper, der violette Polyp, die nächtliche Radtour, der Geruch frischen Brotes und von warmem Gras, das blütenweiße Handtuch mit dem Monogramm, das blutige Badewasser, der Weidenzweig mit seinen wurmförmigen Fortsätzen, die zerbrochene Eierschale, Strickmaschen von den Pullovern meiner Mutter, die ädrige Fleischschnur, der Handabdruck auf meinem Oberschenkel, dunkel wie eine Gewitterwolke, mein kleiner Ertrinkender … ein einziger tobender Orkan aus Farbe und Wut und Verzweiflung.

Bei jeder ausholenden Geste, mit der ich die Klümpchen Farbe auf die Leinwand klatschte, dachte ich an meinen Vater. An seine rosafarbenen und goldenen Kritzeleien, seine Strichellinien, seine Kekse, in denen man jede Rosine einzeln zählen konnte, an seine gewölbten Kopfsteinpflaster auf Wegen ohne jegliche Perspektive, an seine Welt von der Größe einer Briefmarke.

Meine würde größer sein und nicht von einem Zickzackrand begrenzt. Groß und leidenschaftlich wollte ich mein Leben leben. Unbegrenzt. Das nahm ich mir in jener Nacht vor, als ich erschöpft wieder in mein Bett sank, umgeben vom starken Geruch der Farbe und der Befreiung.

Was den Ostermontag betrifft, erinnere ich mich vor allem an meine guten Vorsätze. Gegen Mittag lieh ich mir von meinem Vater ein paar Bücher über Maltechniken. Es freue ihn, dass ich mich endlich wieder für etwas begeistern könne, sagte er. Ich hätte in der letzten Zeit irgendwie einen schlaffen Eindruck auf ihn gemacht. So ohne Elan. Ob ich einen Kaffee wolle? Im Stehen trank ich eine Tasse, die erste seit Monaten. Wie gut das schmeckte!

Auf dem Rückweg fuhr ich mit dem Rad an Frau Mortelmans Haus vorbei. Einer Eingebung folgend, nahm ich meinen Mut zusammen und klingelte. Sie musste meinen Körper sehen, bevor er wieder seine alte Form annahm. Der «Mops» trug einen Rolli und eine Jogginghose mit weißen Streifen an den Seiten. Etwas Spinnwebe lag auf ihrem Haar. Sie wirkte nicht wie die unnahbare Lehrerin mit der adretten Bluse, die ich von der Schule her kannte.

«Ich entrümpele gerade den Dachboden», sagte sie, «und wollte eben ein Päuschen machen.» Forschend blickte sie mich an. Was war es nur, was sie an mir sah? Hatte ich abgenommen? War ich krank?

Ich tischte auch ihr die Geschichte von meiner Magen-Darm-Grippe auf. «Jetzt geht es mir schon wieder besser», sagte ich, «aber ich habe dadurch ein paar Kilo abgenommen. In nur ein paar Tagen. Da ich ja nun weiß, wie leicht das geht, denke ich über eine Diät nach. Habe mich in letzter Zeit etwas gehen lassen. Zu viele Süßigkeiten gegessen, Essen als Trostpflaster benutzt …»

Frau Mortelmans sagte, sie hätte dafür vollstes Verständnis und wolle mich gern dabei unterstützen.

«Du kannst dir das vielleicht nicht vorstellen, aber ich habe selbst einmal zwanzig Kilo mehr gewogen als heute. Auch nach einem Familiendrama. Ich bin sozusagen Experte auf diesem Gebiet», lachte sie.

Sie unterstützte mich, gab mir ein paar Bücher über Diäten mit, die zu ihrer Zeit in Mode waren. Ich habe keines davon jemals auch nur durchgeblättert. Nach den Ferien besorgte sie mir die Adresse einer vertrauenswürdigen Organisation, die in Paris Au-pair-Mädchen unterbrachte. Frau Mortelmans war es, die mir vorschlug, die Arbeit als Kinderbetreuerin mit einer Ausbildung an der dortigen Akademie der Künste zu kombinieren.

Am Dienstag nach den Osterfeiertagen kaufte ich morgens eine Zeitung und im Laufe des Tages – in einem anderen Geschäft – noch zwei andere. Ich hatte das Gefühl, alle schauten zu mir herüber, als ich noch vor dem Abkassieren begann, die Titelseite zu lesen. Um nicht aufzufallen, nahm ich noch eine Rolle Klebestreifen sowie zwei Kugelschreiber aus den Regalen. Plus eine Zeitschrift, die versprach, man könne seine Speckröllchen noch vor den Sommerferien völlig wegschmelzen lassen, dank ihres spektakulären Fünfstufenplans.

«Eine Mutter, die so etwas tut, müssten sie für den Rest ihres Lebens hinter Gitter bringen!»

«Haben sie die denn gefunden?»

«Ich glaube schon, doch! Zigeuner. Vermehren sich wie die Karnickel …»

Die Kommentare der anderen Kunden schwirrten wie Mücken um meinen Kopf herum. Ich scheuchte sie fort und ließ das Zeitunglesen sein, bis ich zu Hause war.

Neugeborener Findling auf Bahnsteig in E. zurückgelassen (von unserem Korrespondenten)

In der Nacht von Karfreitag auf Ostersamstag wurde auf dem Bahnsteig (Gleis 1) des Bahnhofs in E. ein Baby männlichen Geschlechts ausgesetzt. Der oder die Täter konnten bisher noch nicht ermittelt werden. Bahnhofsvorsteher Theo Jespers fand bei Antritt seiner Frühschicht auf einer Bank den Karton vor, aus dem das Weinen eines Babys zu vernehmen war. Er nahm die kostbare Fracht mit ins Stellwerk und benachrichtigte sofort die Polizei. Das Baby, das in ein weißes Handtuch mit den Initialen des St.-Josef-Krankenhauses eingewickelt war, war höchstens ein oder zwei Tage alt. Es war gut versorgt und stellte sich nach ärztlicher Untersuchung im Kinderkrankenhaus in A. als kerngesund heraus. Es wird mit allen Mitteln nach der Person bzw. den Personen gefahndet, die das Kind ausgesetzt haben.

Der bestürzte Bahnhofsvorsteher vermutet, der Täter habe sich irgendwo auf dem Bahnsteig verborgen, um dann den ersten Zug zu nehmen, der wenige Minuten nach seinem Fund in den Bahnhof einfuhr. In diesen Zug stiegen seines Wissens nur zwei Männer ein sowie eine Frau. Einer der beiden Männer, ein unordentlich gekleideter Dreißigjähriger, verhielt sich Jespers zufolge recht nervös. Aber durch das Anrücken der Polizei habe er dem nicht weiter Beachtung schenken können. Wer kennt diesen Mann, der den Zug um 5:32 Uhr nach A. genommen hat? Wer kennt Frauen, die vor Kurzem im St.-Josef-Krankenhaus in A. entbunden haben? Jeder, der sachdienliche Hinweise erbringen …

Zudem gab es ein Interview mit dem Stationsvorsteher, der gerade selbst Vater geworden war. Er war stolz darauf, dass der Findling seinen abgewandelten Nachnamen bekommen hatte. Ein Textkasten enthielt, neben einer von Romulus und Remus angeführten Liste berühmter Findlinge, Information darüber, was weiter mit dem Baby geschehen werde, falls die leiblichen Eltern nicht gefunden würden. Es würde dann vorübergehend der Vormundschaft eines Gemeinderatsmitgliedes von E. unterstellt. Später würde es zur Adoption freigegeben werden und zu Eltern kommen, die schon lange auf einer Warteliste standen. Personen, die sich nun aus Mitgefühl dazu anboten, kamen nicht in Betracht. «Denken Sie daran, davon Abstand zu nehmen …», blieb mir im Gedächtnis haften. Denken Sie daran. Das war genau das Gegenteil von dem, was ich wollte: vergessen.

Ich trennte die Seite aus der Zeitung, um sie auf die Größe von Omas gebügelten Taschentüchern zusammenzufalten. Jahrelang habe ich den Zeitungsausschnitt in einem braunen Briefumschlag aufbewahrt, der von meinem Wäscheschrank in diverse Taschen oder Koffer umzog. Die Zeit nagte mit ihren Mausezähnchen am Papier, bis es sich samtig weich anfühlte. Wie Menschenhaut. Und es in seine bedruckten Einzelteile zerfiel. Mein zerbröseltes Geheimnis habe ich in einem meiner Gemälde verarbeitet, als papierene Schmetterlinge getarnt, die zwischen bleichen Kindergesichtern und greifenden Händchen umherflatterten. Das Ganze übermalte ich mit den Farben dieser Nacht: Blutrot, Violett, Dunkelblau und Schwarz. Durchädert und befleckt. Für die Außenwelt wurde die

Botschaft unsichtbar, mir aber war sie in die Seele eingebrannt.

Langsam erholte sich mein Körper. Er schrumpfte in sich zusammen, die Leere fühlte sich nun weniger leer an. Der schneidende Schmerz in meinem Unterleib verzweigte sich, wodurch er erträglicher wurde. Aber er ist nie vollkommen verschwunden.

Kurz vor dem Ende der Osterferien erzählte mir die Geisha, sie habe mit einer Delegation des Gemeinderats den kleinen Findling besucht. Ein Sparbuch im Gepäck, ein Geschenk der Bürger von E.

«Hübsches Kerlchen, der kleine Jasper», sagte sie bei Tisch, während sie den Auflauf weiterreichte, «mit seinen Pausbäckchen und den dunklen Haaren … Ich frage mich, wer ihm später wohl einmal seine Vorgeschichte erzählen wird?»

Sie hatte ihn kurz halten dürfen, wobei er sie mit seinen großen dunklen Augen angesehen hatte. Das heißt, insofern Babys überhaupt schon sehen können.

Ich nickte, rannte die Treppe hinauf. Meine Brüste liefen über und ein nutzloser Schwall Muttermilch durchnässte mein T-Shirt. Der süßliche Geruch machte mich schwach und wahnsinnig zugleich.

Aus einem Impuls heraus entschloss ich mich, mein Zimmer neu einzurichten. Ich schob das Bett unters Fenster, wobei die Beine über das Parkett schrammten. Nie im Leben würde ich noch einmal in der vertrauten Ecke schlafen. Niemals wieder wollte ich mit Blick auf das glänzende Schloss wach werden, das ich an jenem Abend vergessen hatte zu verriegeln. Ich stellte meinen kleinen Schreibtisch um und überlegte mir, womit ich die leere Stelle in der Ecke auffüllen konnte. Vielleicht mit einer Pflanze? Oder einer Stehlampe? Während der Sommerferien konnte ich die Wände streichen, ein paar Plattencover aufhängen oder ein Gemälde? Eins meiner eigenen. Wenn ich Oma Gleis' Haus würde verlassen müssen, sollte dieses Zimmer wieder mein Zufluchtsort werden. Und das würde nur dann gelingen, wenn es mich nicht mehr an früher erinnerte. Wenn es eine neue Einteilung und andere Farben bekam. Wenn der profane Geruch von Farbe den der Scham übertünchen würde. Ich zog mir ein frisches T-Shirt an, legte mich bei offenem Fenster aufs Bett. Eine leichte Brise streichelte mein Gesicht und trocknete sanft meine Tränen.

Nach einer halbe Stunde war ich wieder so weit gefasst, dass ich mit einem Stapel Bücher unter dem Arm hinunterging. Die Geisha stand im Flur. Ich sagte ihr, ich wolle, sobald ich aus Omas Haus ausziehen müsse, Wandfarbe und ein paar neue Sachen kaufen. Vielleicht wären neue Vorhänge auch keine schlechte Idee. Sie versprach, mir bei der Auswahl der Farben und Stoffe behilflich zu sein. Ich rechnete jetzt mit erbaulichen Worten zum Thema Neuanfang, doch sie berührte mich nur kurz an meinem nackten Arm. «Es wird alles wieder gut», sagte sie nach einer kurzen Pause «Aber es wird natürlich nie wieder wie früher.»

Ich musste an mich halten, um mich nicht in ihren Armen zu verkriechen, was mir nur unter dem Vorwand gelang, ich sollte mich mal besser für die Schule vorbereiten.

«Du schaffst das ganz ohne Zweifel, du bist clever und stark noch dazu. Weißt du denn schon, in welche Richtung du danach gehen willst?»

Ihre Ermutigungen taten mir gut.

«Ich denke schon», sagte ich. «Richtung Paris.»

Und so kam es auch. Nur wenige Wochen konnte ich mein neues Zimmer genießen. Anfang September desselben Jahres brachten mich mein Vater und die Geisha zum Bahnhof. Die Sonne schien, und während sie auf den Zug warteten, setzen sie sich auf die Bank auf Gleis 1.

«Komm», sagte die Geisha einladend, wobei sie mit der flachen Hand auf die hölzerne Sitzfläche klopfte. «Wir sind viel zu früh.»

Ich konnte es nicht. Keine zehn Pferde brachten mich dazu, mich auf diese Bank zu setzen. Ich spürte, wie sich meine Beine versteiften und das Blut aus meinem Gesicht wich.

«*Partir c'est mourir un peu*», sagte mein Vater vollkommen vorhersehbar. «Gehen ist immer auch ein bisschen vergehen.»

Ich musste mich am Griff meines Koffers festhalten, damit ich nicht ohnmächtig wurde.

In Paris zog ich bei Familie Blancpain, meiner Au-pair-Familie ein, die auf dem Boulevard Saint-Germain wohnte. Ein Paar Tage später schrieb ich mich für den Abendkurs an der *Académie des Beaux-Arts* ein.

Ganze drei Monate kümmerte ich mich täglich um den kleinen Benoît. Wie ein Hund schnüffelte ich in den zarten Fältchen seines Halses, atmete seinen süßen Atem ein, erstickte meine Tränen in seinem flaumigen Babyhaar. Ich nahm ihn oft mit in mein Bett, spürte, wie gut sein Körperchen in die Leere meines eigenen Körpers passte. Ich streichelte seinen kleinen Rücken, konnte mich nicht satt riechen an dem Geruch von frischem Brot und feuchtem Gras. Bis Madame Blancpain eines Abends in lachendem Ton zu mir sagte, ich würde ihren kleinen Liebling ja noch ersticken mit meinen Liebkosungen. Ich solle ihm doch bitte ein bisschen mehr Bewegungsfreiheit gönnen. Da kamen mir die Tränen, und sie überhäufte mich mit Entschuldigungen. «So habe ich es nicht gemeint, *ma petite*», sagte sie und schlang die Arme um mich, als sei ich ihre Tochter. «Du bist so schrecklich lieb zu Benoît und so besorgt», beschwichtigte sie. «Eben wie eine richtige kleine Mutter, aber ich finde es trotzdem besser, wenn er in seinem eigenen Bettchen schläft.»

Gleich am nächsten Tag habe ich mir eine neue Stelle gesucht. Ich arbeitete als Aushilfe in einer Bäckerei und fand ein Zimmer in der vierten Etage eines Hauses ganz in der Nähe der Akademie. Von Benoît habe ich mich nicht verabschiedet, allerdings schon von seinen Eltern, die fanden, ich verhielte mich wie ein Fräulein Rührmich-nicht-an. *Mademoiselle Nitouche.* Derart leicht gekränkt, nur wegen einer einzigen Bemerkung! Wir wollten doch schließlich alle nur das Beste für den Kleinen, nicht wahr?

Meinen Umzug in das möblierte Zimmer erledigte ich mit der Metro in weniger als einer halben Stunde. Ein Koffer und ein Rucksack waren mein einziges Gepäck. Darin befanden sich neue Röcke, Blusen und Hosen in Größe 36, baumwollene Mädchenunterwäsche, vereinzelt mit einer frivolen Spitze, mein Abiturzeugnis, der braune Umschlag mit dem Zeitungsausschnitt, die Strickjacke meiner Mutter sowie ein eingerahmtes Foto von ihr, eine hippieartige Perlenkette mit dazugehörigem Armband in einer kleinen Dose, auf der in Kalligrafieschrift mein Name geschrieben stand – ein selbst gemachtes Geschenk von Matteo. Seine Adresse hatte ich in ein schwarzes Notizbüchlein geschrieben, dazu die von Schwester Bénédicte und dem *Institut der la Vierge Marie pour jeunes filles,* von Marique und von Frau Mortelmans, genannt «Mops».

In den ersten Jahren habe ich mich bei niemandem gemeldet. Ich wollte in Vergessenheit geraten, mich selbst beseitigen. Nur Oma Gleis vergaß ich nicht. Ihr schickte ich regelmäßig Ansichtskarten vom Eiffelturm oder dem Arc de Triomphe, auf der Rückseite ein paar spärliche Worte. Dass es mir gut ging. Dass sie mir fehlte. Das war keine leere Floskel: Sie war tatsächlich der einzige Mensch, der mir fehlte. Dass meine Entscheidung richtig gewesen war. Dass die Malerei meine Leidenschaft war. Die Altenpflegerinnen hatten keine Zeit, ellenlange Ergüsse vorzulesen, und meinem Vater gönnte ich das Privileg nicht, ihr die Briefe, die ich Oma hätte schreiben können, vorzulesen.

Ein Mal pro Monat rief ich ihn an. Alles gut, ja. Bei euch auch. Viel zu tun. Schönes Wetter für diese Jahreszeit. Oder eben recht feucht.

Fast drei Jahre lebte ich bereits in Paris, als ich zum ersten Mal wieder heimfuhr und zwei Nächte nacheinander in dem Mädchenzimmer schlief, das mir nie vertraut geworden war. Oma Gleis war friedlich gestorben. Auf ihrem Begräbnis wurde, auf meine Bitte hin, Pergolesis *Stabat Mater* gespielt. Genau wie bei der Beerdigung meiner Mutter fühlte es sich an, als massiere mir jemand mit sanften Fingerspitzen die Musik regelrecht in die Kopfhaut ein.

Mein Vater – alt, grau und ein wenig kleiner, als ich ihn in Erinnerung hatte, sagte am Kaffeetisch, ich sei ja eine richtige *Parisienne* geworden. So hübsch, so elegant, wie eine richtige Künstlerin! Er sagte es einen Tick zu laut und zu flapsig, mit einem Zwinkern in Richtung der anderen Gäste.

«*Tais-toi*!» Ich schnauzte ihn an, den Mund zu halten. Er erstarrte. Die Geisha blickte perplex von einem zum anderen. Sie fand, mit gespieltem Lächeln, Paris sei mir anscheinend zu Kopf gestiegen. So schnippisch zum eigenen Vater …

Kurz darauf schrieb ich Schwester Bénédicte einen Brief. Hätte ich damals eine Antwort erhalten, hätte ich ihr möglicherweise mein Geheimnis noch im Nachhinein anvertraut. In fließendem Französisch. Stattdessen erhielt ich die Antwort aus dem Internat, Schwester Bénédicte sei nicht länger Teil der Klostergemeinschaft und habe das Pensionat vor ein paar Jahren verlassen. Es sei ihnen nicht gestattet, Dritten ihren weltlichen Namen oder ihre Anschrift mitzuteilen.

Matteo traf ich erst zwölf Jahre später wieder auf einer Ausstellung in New York, wo er damals mit seiner besseren Hälfte wohnte. Er war ein richtiger Yuppie geworden. Ein berühmter Schmuckdesigner, in schwarzem Maßanzug und mit glänzenden Locken, in denen sich der Wohlstand widerspiegelte. Er nannte mich *darling* und *sweetheart*, behauptete, ich sei immer noch genauso *cute* wie damals. Er holte mir ein Glas Champagner und fragte, ob ich mich noch daran erinnere, wie schlecht mir damals auf dem Empfang im Rathaus geworden war? Wir lachten gemeinsam über unsere Jugendsünden: seine Sandalen und knappen T-Shirts in falschen Farben, meine formlosen Jogginghosen und die Strickwesten. Camouflage-Kleidung nannte er sie.

«*Christ*, wie dick du warst! Du hast dich damals ja ganz schön gehen lassen», frotzelte er. «Ich dagegen bin spindeldürr geworden, nachdem mein Vater gestorben war, aber offenbar hast du den Bonbons und dem Eis inzwischen abgeschworen. *You look gorgeous*», sagte er, indem er mit den Fingern an meiner Hüfte entlangfuhr, über den Seidenstoff meines Kleids, der wie die Haut eines Fischs schimmerte. Mich schauderte.

Nach ungefähr einer Stunde in seiner Welt des Glitzers und Glamours stieg ich todtraurig in ein Taxi und ließ mich zu meinem Hotel bringen. Matteo war für mich noch immer ein Freund, bei dem es egal ist, wie oft man sich sieht. Trotzdem war ich froh darüber, dass ein ganzer Ozean zwischen uns lag. Das machte es leichter, der Versuchung zu widerstehen, noch mehr Erinnerungen an das letzte Schuljahr aufzufrischen.

FÜNFZEHNTE STATION:

J.s Wiederauferstehung aus dem Grab.

Mein Vater lag kreidebleich im Krankenhausbett. Ab und zu ging ein Zucken durch seine geschlossenen Lider, seine steifen Finger tasteten nervös auf dem Laken herum.

«Spasmen», erklärte ein Arzt, der mit einem Mal neben mir stand. Ich hatte ihn nicht hereinkommen hören auf seinen weißen Leisetretern. «Machen Sie sich nicht zu viel Sorgen. Er ist außer Lebensgefahr.»

Es folgte ein Bericht über Herzklappen, Bypässe und Überbrückungen, den ich nicht wirklich zu mir durchdringen ließ. Wenn er außer Lebensgefahr war, wieso haben wir das Gespräch dann nicht am Telefon geführt? Wieso musste ich augenblicklich hierherkommen?

Als ich wieder allein war mit dem fremden alten Mann, der mein Vater war, rückte ich einen Stuhl näher ans Bett. Ich sah mir sein eingefallenes, graues Gesicht genauer an und versuchte, in den Zügen seiner schlaff gewordenen Haut irgendwelche Spuren von früher zu entdecken. Ich hoffte, er würde seine Augen aufmachen und in der Lage sein zuzuhören. Zu reden. Es gab ein paar simple, praktische Dinge, die wir miteinander besprechen mussten. Das war alles. Ich würde ihm erzählen, dass ich heute Abend, beziehungsweise spätestens morgen früh, den Thalys nach Paris nehmen würde. Dass ich nicht länger bleiben könne, da ich mitten in den Vorbereitungen zu einer wichtigen Ausstellung steckte. Ruhigen Herzens würde ich wieder heimfahren, da der Arzt mir ja versichert hatte, er würde durchkommen. Ich fand, ich hatte meine Pflicht als Tochter getan. Nach einem alarmierenden Anruf aus dem Krankenhaus hatte ich alles stehen und liegen lassen. Ohne mir auch nur die Zeit zu nehmen, die Farbe gründlich von den Händen zu waschen: Es sah aus, als habe ich Blut und geronnenes Sonnenlicht daran.

Es lag fast zehn Jahre zurück, dass ich meinen Vater zuletzt gesehen hatte. Seltsamerweise begann es zu zehren. An ihm, aber auch an mir. Kurz vor seinem Herzinfarkt hatte ich ihn eingeladen, mich doch einmal zu besuchen. Er gestand, Jahre auf diesen Moment gewartet zu haben.

Gegen Ende des Sommers würde er zum ersten Mal in seinem Leben nach Paris kommen, zum ersten Mal das Haus betreten, das ich schon seit Jahren bewohnte und das mir wie ein maßgefertigter Schuh passte. Er würde an meinem fünfzigsten Geburtstag bei der Vernissage zu meiner Ausstellung in einer der bekannteren Galerien anwesend sein. Er würde meine Freunde und meine Arbeit sehen. In der Woche, die er danach bei mir verbringen würde, wollte ich mit ihm reden. Über alles, was mir in den Sinn käme. Es ist nie so weit gekommen.

Im Zug auf dem Weg ins Krankenhaus hatte ich, mit dem Kalender auf dem Schoß, eine schnelle Berechnung aufgestellt: Wenn er heute oder morgen stürbe, fände das Begräbnis am Samstag statt. Das würde bedeuten, ich würde nur vier kostbare Tage verlieren. Für die laufenden Angelegenheiten könnte ich später noch vorbeikommen, wenn es etwas ruhiger geworden wäre.

Doch mein Vater starb nicht. Nach sechs Wochen Krankenhausaufenthalt hatte sich sein Zustand so weit gebessert, dass er wieder nach Hause konnte. Ich legte seine Schlafanzüge, Unterwäsche und Handtücher zusammen und steckte alles in ein Köfferchen. Ich war es, die ihn unterhakte und langsam zum Taxistand führte, ihm unterwegs mit einem Papiertuch den Schweiß von der Stirn tupfte und ihm beruhigend zuredete. Wenn man ihn entließ, bedeutete das, der Arzt vertraute darauf, dass er fit genug sei. Es würde schon nichts passieren. Außerdem wäre ich ja bei ihm, seine Tochter.

Im Taxi weinte er still. Als ich ihm die Hand aufs Knie legte, spürte ich durch den Stoff seiner altmodischen Hose hindurch, wie gebrechlich er war. Gleichzeitig tauchte blitzartig ein Bild von früher auf: zwei muskulöse, behaarte Männerbeine. Ein zwingender, trüber Blick. Ich verdrängte das Bild mit aller Kraft.

Ich erklärte ihm, ich würde eine Zeit lang bei ihm wohnen. Bis wir etwas arrangiert hätten. Meine Ausstellung müsse dann eben verschoben werden. Notfalls könne ich für einen Tag nach Paris – hin und zurück. Solche Sachen passierten eben.

Meinen fünfzigsten Geburtstag könnten wir auch zu Hause feiern, in seinem Haus. Nur wir beide. Ich könnte ihn ja später mit meinen französischen Freunden und den Compagnons aus der Kunstszene nachholen. Schließlich gab es ja weder Ehepartner noch irgendwelche Kinder, die auf mich warteten.

Mein Vater nickte brav, wiederholte ein paarmal, es täte ihm leid. Dann hielten wir vor dem Haus und ich musste mich kräftig anstrengen, um ihn zu seinem Sessel zu begleiten. Einen Fuß vor den anderen ging es vorwärts. Dabei keuchte er. Die viertelstündige Autofahrt hatte ihn völlig erschöpft.

Drei Monate habe ich ihn versorgt, ein ganzes Frühjahr lang. Es fiel mir nicht so schwer, wie ich angenommen hatte. Er war nicht mehr der Vater von damals, sondern ein zerbrechlicher, erschöpfter Mann. Manchmal weinte er und bat mich inständig um Vergebung für eine ellenlange Liste väterlicher Fehler, an die ich mich meistens überhaupt nicht mehr erinnerte. Vom einst so autoritären Schuldirektor war nichts mehr übrig. Er legte sein Leben in meine Hände und tat das mit solch einer Demut, dass es schon an Unterwürfigkeit grenzte. Je gebrechlicher er wurde, umso mehr wuchs mein Mitleid mit ihm, umso geringer wurde meine Wut.

Er habe keine Menschenseele mehr auf der Welt, außer mir, seinem einzigen Kind, wiederholte er fortwährend.

In seinem Kopf geisterten immer wieder seltsame Schatten herum. Er verwechselte mich oft mit meiner Mutter, sogar mit Oma Gleis. Die Geisha, die ihn vor Jahren verlassen hatte, war wie aus seinem Gedächtnis gelöscht. «Ich kann nicht mehr», schrieb sie mir seinerzeit. «Das Leben mit deinem Vater hat mich ausgehöhlt.» Er hat mir gegenüber nie ein Wort darüber verloren, und ich habe ihn nie danach gefragt. Ich hatte andere Sorgen als sein Liebesleben.

Ich kochte ihm seine Lieblingsgerichte, stopfte mit abgewandtem Blick seine Wäsche in die Waschmaschine, schüttelte ihm die Kissen auf und las ihm manchmal einen Zeitungsartikel vor. Eines weigerte ich mich jedoch zu tun: ihm beim Waschen behilflich zu sein. Das übernahm eine häusliche Krankenpflegerin jeden zweiten Tag. Ich schrak davor zurück, seinen alten Körper, die schlaffe Haut anfassen zu müssen. Seine Nacktheit war mir unerträglich. Wenn die Schwester mit ihrer Wanne sowie zwei Waschlappen – einen für oben und einen für unten – zugange war, ging ich inzwischen in den Garten oder zog mich in die Küche zurück.

«Eine Frau von Welt aus Paris, die prüde davonläuft, wenn ihr alter Vater im Adamskostüm dasitzt … Wer hätte das gedacht?», frotzelte sie beim anschließenden Kaffee und lachte dabei über ihren eigenen Scherz. Mein Vater lachte herzhaft mit: Adamskostüm! Dieses Wort gefiel ihm. Er liebte schöne Wörter. Niemand würde es heutzutage noch benutzen. Jetzt nannte man das Nudisten – oder Anhänger der Freikörperkultur, sagte er. Kurz kam der Lehrer in ihm wieder zum Vorschein.

Wir suchten gemeinsam nach einem passenden Heim für ihn. In seinen klaren Momenten sahen wir Prospekte durch, er durfte sogar einen Schnuppertag machen. Als

 Praktikant, meinte er, und fand sich damit ab, dass sein Leben sich fortan in der Gesellschaft alter Menschen abspielen würde. «Ach was, ich habe in meinem Leben genug Kinder gesehen», sagte er. «So ist es nun mal. Und du bekommst deine Freiheit zurück.»

In den Wochen bevor er definitiv dort einzog, räumte ich die Schänke leer und gab den Erinnerungen an meine Mutter und Großmutter einen Platz. Seine kleinen Gemälde sortierten wir gemeinsam, wählten ein paar für sein neues Zimmer aus. Er habe in den letzten Jahren nicht mehr gemalt, meinte er, es sei ihm zu viel Fieselarbeit geworden. Er habe nicht mehr die nötige Geduld gehabt, und seine Hände zitterten. Außerdem, da er jetzt eine berühmte Tochter hatte, die wandgroße Gemälde machte, die Leidenschaft und Feuer versprühten, kamen ihm seine eigenen Bilder auf einmal albern und mickrig vor.

«Und doch waren sie auf ihre Weise nett», hörte ich mich selbst sagen.

Später habe ich ungefähr dreißig Stück mit nach Paris genommen, da ich mit dem Gedanken spielte, sie irgendwann zusammen mit meinem eigenen Werk auszustellen. Vom Keksdosenformat bis zur Zimmerbreite, Kleinbürgerlichkeit versus Grenzenlosigkeit. Die Tochter, die ihrem Vater den Rang ablief.

Das Triptychon mit der jungen Geisha in den Händen haltend, fragte ich ihn, wieso sie ihn eigentlich verlassen hatte. Sie wirkten doch wie ein gutes Paar, oder? Er zuckte mit seinen kantigen Schultern. Er wisse es nicht mehr.

Vielleicht ließ es sich doch nicht so leicht mit ihm leben?
Er hatte sie seitdem nie wieder gesprochen. Sie war einfach aus seinem Leben gegangen. Bei Nacht und Nebel, sagte er, und ich konnte ihm ansehen, dass er über den Ausdruck nachdachte. «Sie war die zweite Frau in meinem Leben, die mich verlassen hat. In gewisser Weise hatte Mama mich ja auch im Stich gelassen, so plötzlich … Und dann auch noch du», sagte er. Es klang bitter.

Tagsüber schlief er viel, was er aber stets abstritt. Er und schlafen? Ganz und gar nicht! Er hatte gerade vor sich hin gedöst, war ein paar Minütchen eingenickt, legte sich lang, machte ein Nickerchen. Seinen Mittagsschlaf nannte er Siesta. Das täten sie in Spanien auch, und es sei sehr gesund.

In den freien Stunden streifte ich ziellos durchs Dorf, an den Stationen meiner Jugend vorbei. Da stand das Haus meiner Oma, viel weißer und schmaler als in meiner Erinnerung. Es hatte einen Glasanbau bekommen, in dem ich Dreiräder und einen Korbpuppenwagen erkennen konnte. Die Weide war verschwunden. Ein von Pilzen bewachsener Baumstumpf war alles, was davon übrig geblieben war. Ein alter Mann in einem Overall erklärte mir, Schlangenweiden hätten kein tiefes Wurzelwerk, weshalb sie bei einem Sturm leicht umfallen könnten. Der neue Hauseigentümer hätte das Risiko nicht eingehen wollen und daher den Baum gefällt.

Ich erzählte ihm, dass ich die Weide selbst gepflanzt hatte, als ich noch ein junges Mädchen war. Ich muss so um die siebzehn gewesen sein, etwa zur selben Jahreszeit, ja. Es war so ein Zweig gewesen, an den man zu Ostern ausgeblasene Eier hängt. Damit gab ich einem Wildfremden ein Stück meines Geheimnisses preis. Den sichtbaren Teil: den Stamm, die Äste und die Blätter. Die Wurzeln und was sich darunter verbarg, waren von der Erde aufgenommen und würden auf ewig unbesprochen bleiben.

Wenn ich an dieser Stelle mit dem Rad vorbeifuhr, nickte ich immer: Hallo Kleiner, sagte ich dann. Hallo, dreiunddreißigjähriger Mann.

Der Bahnhof! Es zog mich wie von magischer Hand dorthin. Manchmal nahm ich auf einem der stahlblauen Sitze Platz, die die Holzbank von damals ersetzt hatten. Fetzen aus dieser unwirklichen Nacht zogen vor meinem inneren Auge vorüber, als ginge es um jemand anderen. Ich war seltsam losgelöst von meiner eigenen Geschichte, obwohl sie noch tief in mir verborgen lag.

Nach außen hin konnte ich ruhig auf so einem Stuhl sitzen. Bis wieder ein Zug vorbeiraste und ich an mich halten musste, um nicht laut loszuschreien. Denselben Urschrei, wie damals in Omas Garten, ein Aufschrei der Verzweiflung, der Flügel bekommen hatte und heute noch manches Mal wie eine rauschende Fledermaus in der Peripherie meiner Träume herumflatterte.

Die Erinnerung an das samtig weiche Stirnchen ist bis in alle Ewigkeit in meinen Fingerspitzen gespeichert.

Am Karfreitag treiben mich die Erinnerungen zum Bahnhof. Sie überfallen mich, während ich auf dem mittleren der drei Stahlstühle auf dem Bahnsteig sitze, doch ich erlaube ihnen nicht, von mir Besitz zu ergreifen. Bevor sie sich in mir niederlassen, lasse ich sie auf einer flaumigen Wolke wieder forttreiben. Meinem unbekannten Sohn hinterher.

Der Bahnhofsvorsteher geht mit einer Kuchenschachtel in der Hand an mir vorbei. Er blickt mich erst forschend an, dann lädt er mich auf ein Stück Torte ein – um seinen letzten Arbeitstag zu feiern. Er könne glatt ein Buch darüber schreiben, was er während seiner Laufbahn alles erlebt habe, meint er mit einem Kaffeebecher in der Hand. Ich traue mich nicht, ihn zu fragen, ob er vielleicht wisse, was aus dem Kind geworden sei, das er vor dreiunddreißig Jahren auf der Holzbank gefunden hatte. Stattdessen starre ich auf seinen grauen borstigen Schnurrbart, in dem ein bisschen Sahne hängen geblieben ist, und schweige.

Wir haben uns einander nicht vorgestellt, aber ich weiß, dass er Theo Jespers ist. Ein beruhigender Gedanke.

Ein paar Tage später, genauer gesagt am Ostermontag, entdecke ich tief hinten in meinem Schrank das Tagebuch wieder, das mir meine Mutter gegeben hatte, kurz vor meinem Eintritt ins Mädcheninternat der Jungfrau Maria.

Nur ein paar Seiten davon sind beschrieben, in ordentlicher Mädchenhandschrift. Nun ist es an der Zeit, meinen geheimen Kreuzweg dem Papier anzuvertrauen. Während mein Vater unten in einem von der Krankenkasse gelieferten Bett ein Altherrennickerchen macht, schreibe ich alles wie eine Besessene nieder. Eine Stunde nach der anderen. Die Tür einen Spaltbreit geöffnet, der Riegel schimmert nutzlos. Er ist jetzt nicht mehr in der Lage, die Treppen hochzusteigen. Da ist nichts, wovor ich mich fürchten müsste.

Sein dünnes Stimmchen schwebt wie eine träge Eintagsfliege in der Abenddämmerung, deren Zeit fast abgelaufen ist, in mein Zimmer hinein. Ich höre meinen Namen – «Judith, Judith» –, lege den Stift beiseite und gehe hinunter. Vielleicht braucht er mich ja.

AUS DEM VERLAGSPROGRAMM

Michael Maar
Die Betrogenen. Roman
143 Seiten. München 2012

Norbert Scheuer
Peehs Liebe. Roman
224 Seiten. München 2012

Adolf Muschg
Löwenstern. Roman
331 Seiten. München 2012

Ingomar von Kieseritzky
Traurige Therapeuten. Roman
Etwa 340 Seiten. München 2012

Kurt Drawert
Schreiben. Vom Leben der Texte
288 Seiten. München 2012

David Foenkinos
Souvenirs. Roman
Aus dem Französischen von Christian Kolb
333 Seiten. München 2012

J. J. Voskuil
Das Büro. Roman
Aus dem Niederländischen von Gerd Busse
848 Seiten. München 2012

Janet Frame
Ein Engel an meiner Tafel. Eine Autobiographie
Aus dem Englischen von Lilian Faschinger
208 Seiten. München 2012

Diane Broeckhoven, 1946 geboren, hat zahlreiche Kinder- und Jugendbücher geschrieben, die oftmals ausgezeichnet wurden, und einige Romane für Erwachsene veröffentlicht, u. a. «Eine Reise mit Alice», «Der verschlungene Weg des Herrn Silvain», von denen «Ein Tag mit Herrn Jules» zu einem Bestseller wurde. Diane Broeckhoven lebt in Antwerpen.

Isabel Hessel, 1973 in Schweinfurt geboren, Studium der Germanistik, Pädagogik und Niederländischen Philologie. 2003 Stipendiatin der Berliner Übersetzerwerkstatt des LCB. Sie lebt und arbeitet in Antwerpen und übersetzte schon mehrere Bücher von Diane Broeckhoven für C.H. Beck.

Umschlaggestaltung und Bild: Simone Ackermann, Zürich
Autorenbild: ©Christophe de Wit

9 783406 639418

Verlag C.H.Beck www.chbeck.de